쓰기도 하고, 맵기도 하고,

짜다가. 싱겁다가.

새콤달콤 구수한 하루하루.

그래서 참 살맛 나는 세상을 감사하며...

_______________________님께

____
년   월   일

Canon

LOVE EAT

LOVE EAT

초판 1쇄 인쇄 | 2008년 1월 28일
초판 1쇄 발행 | 2008년 2월 11일

지은이 | 홍수연
펴낸이 | 전익균

기획 | 김도연
이사 | 이성윤, 송영욱, 임상현
마케팅 | 오정민, 송용범, 문세라, 박지윤　경영지원 | 최정란
교정, 교열 | 이미순　디자인 | 김희숙　표지디자인 | 지은경
찍은곳 | 예림인쇄　출력 | 스크린　제본 | 바다제책

펴낸곳 | (주)새빛에듀넷
주소 | 서울 강남구 역삼동 723-28 영빌딩 2층
전화 | 02-3442-4393~4　팩스 | 02-3442-6771
e-mail | svedu@hanmail.net　홈페이지 | www.assetclass.co.kr
등록번호 | 제16-4043호　등록일자 | 2006. 11. 28

값 12,000원
ISBN 978-89-92873-11-6 (03810)

* 잘못 만들어진 책은 구입하신 곳에서 바꾸어 드립니다.

맛대맛 작가의 잘 먹고 잘 사랑하는 법

LOVE
EAT,
홍수연

도서출판 새빛
SAEVIT

어려서 한국무용을 잠깐 했었다. 같은 무용학원 친구들에 비해 그리 뛰어난 재능이 있었던 것도 아니었고, 무용을 계속하고 싶은 마음도 전혀 없었다.

그러던 어느 날 어머니가 주변 분들에게 자랑하는 걸 우연히 듣게 되었다. 반짝반짝 눈을 빛내며 내 춤이 얼마나 아름다운지를 과장하여 설명하는 어머니의 표정을 보고 나는 이내 착각에 빠졌다. 그 착각은 아주 강한 자기 최면이 되어 내가 정말 대단한 소질을 가진 무용신동인양 으쓱대게 만들었다.

놀라운 건, 그 후 나의 춤 실력은 기적적으로 늘어 큰 무대에서 주연을 따낼 정도까지 되었다는 것이다. 놀라운 경험이었다.

33살! 더 이상 보호자가 필요하지 않은 나이. 아니 보호자가 되어야 할 나이.

즉, 나를 착각에 빠지게 하여 기적을 일어나게 하는 어머니의 칭찬은 더 이상 기대할 수가 없다. 그렇다면 그 기적을 일어나게 하는 것도 나 자신이어야 하겠지. 만약 지금 불행하다고 느낀다면, 스스로를 착각에 빠지게 하라. 행복한 착각에 빠지게 말이다. 그러면 정말 놀랍게도 어느새 행복한 사람이 되어 있을 것이다.

사랑을 잃고 내가 극복한 방법도 바로 그것이었다.

그 깊은 사랑을 철딱서니 없게도 어이없이 떠나보내고 난 뒤, 나는 거지가 되었다. 차를 바꿨고, 비싼 가방을 사들였고 해외여행을 떠나봤지만, 나는 거지였다. 거지였기 때문에 세상 모든 사람이 날 비웃고 딱하게 여기는 것처럼 느껴졌다.

그 구차함이 싫어 매일 곤두서 날을 세웠다. 비루한 내가 창피해 몰래몰래 울었다. 거지가 된 나는 점점 바보가 되어가고 있었다.

헌데, 그런 나를, 거지가 되고 바보가 되어버린 나를, 참으로 부럽다고 말하는 이가 내 주변에 너무 많았다. 처음엔 위로의 말이라 여겼지만 그들의 눈동자엔 진심어린 무언가가 있었다.

그들은 아파할 수 있는 여유가 부럽다고 했고, 감정에 솔직할 수 있는 자신감이 부럽다고 했고, 여전히 사랑에 올인 할 수 있는 용기가 부럽다고 했다.

그래서 나도 나를 부러워 해보기로 했다. 그렇게 내 자신의 삶을 부러워하기 시작하니 무수히 많은 벅찬 것들이 보였다.

아프건 어쩌건 여전히 나에게는 사랑(love)이 있고, 멋진 사람들(people)이 있고, 그들과의 소통(talk)이 있고, 언제나 엔돌핀이 솟게 만드는 놀이(eat)가 있다. 그걸 까먹을까봐, 그걸 자랑하고 싶어서, 나에 대한 이야기를 용기있게 시작하게 되었다.

수줍은 글들로 이어지는 이 한 권의 책은 33년간 치열하게 사느라 여기저기 생긴 생채기들을 위로하는 작은 대일밴드이다. 감동의 명약이 아닌 작은 대일밴드 하나 필요한 사람이 있다면 감사하며, 함께 나누고 싶은 마음을 이 안에 담았다.

끝으로, 한양대 한마당에 둘러앉아 막걸리를 나누며 세상을 이야기할 때부터 늘 여유 있는 웃음으로 힘이 되어 주는 오라비와 말 많은 작가와 작업하느라 정신없었을 B형 남자. 멋진 표지를 선물로 준 지씨. 그대들 덕분에 용기 내어 세상에 나왔소. 깊이 고개 숙여 감사드리오.

늘 믿어주고 응원해 주는 친구들과 방송국 동료들. 드디어 내가 한 껀 했소! 오늘도 참치와 연어 연구에 매진하고 있는 나의 남동생과 멀리 김해에서 조용히 바라보고 있을 이에게도 마음 한 조각을 보낸다.

– 엄마, 아부지의 딸 홍수연

Part 1_ *LOVE*…

사랑, 여전히 배고프다

Part 2_ *EAT…*

추억도 요리되나요?

Part 4_ *PEOPLE…*

내가 사랑하는 요리사들

L O V E
E A T

사랑, 여전히 배고프다

그래도 오늘이 향기로울 수 있는 건…

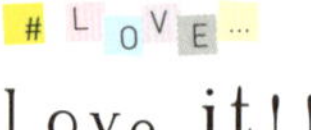

Love it!!

　나의 극단적인 입버릇 중 하나가 '사랑'이다. 일상에 어느 정도 주요한 역할을 하고 있고 그 역할로 인해 내가 만족스럽고 감사한 마음을 가지게 된다면, 그것이 무엇이건 대부분 내 '사랑'의 대상이 된다.

　그중에는 아직 할부금을 1/3밖에 내지 않아 적잖은 부담을 주긴 하지만 외로운 나들이의 한결같은 동행자가 되어주는 차, '사랑하는 나의 아방이'가 있다.

　나에게 누가 냉면을 참 좋아하는 것 같다고 말하면 "저는 냉면을 사랑해요!"라고 외친다. 그래서 몇 군데의 단골 냉면집은 내 사랑 냉면과의 밀회장소이다.

과일이나 채소의 불안한 것들을 씻어내 주는 내추럴 쉐이크도 내 사랑의 대상이다. 하얀 가루를 쏙쏙 뿌려댈 때마다 기분이 좋아진다.

걸레의 찌든 때를 만족스럽게 뽑아내는 오투액션이나 초등학교 때부터 쓰기 시작해서 20여 년째 손에 쥐고 있는 샤프펜슬도 사랑하는 보물 중 하나이다.

큰맘 먹고 장만한 DSLR 카메라 30D는 서른 살짜리 남자친구라고 자랑하기도 했다. 얼마 전 그 30D에게 35mm 단렌즈를 큰맘 먹고 선물했다. 그걸 마운트하고 나니 카메라는 더욱더 완벽한 사랑이 되어 내 손에서 떨어지질 않는다.

일도 나에게는 아주 격정적인 사랑의 대상이다. 싸우기도 많이 싸우고 이런저런 간섭도 많아 확 헤어져 버릴까 하루에도 몇 번씩 생각하지만, 독하게 마음먹을 때마다 돌아서게 만드는 힘이 있는 지독한 사랑. 특히나 한 달에 한 번씩 꼬박꼬박 돌아오는 월급 이벤트는 맘 상하게 했던 그간의 일들을 싹 잊게 만든다. 아주 현실적인 사랑이다. 시작할 때의 설렘은 사라진 지 오래이지만, 이미 미운 정 고운 정으로 내 삶의 일부가 되어버린 샴쌍둥이 같은 사랑. 그게 나의 일이다.

이런 나의 말버릇을 오버스럽다며 나무라는 이들도 있지만, 달리 대신할 언어가 없다. '좋아하는' 이라는 표현은 너무 소극적인 것 같다. '아끼는' 이라는 말은 너무 밴댕이스럽지 않나? '잘 쓰고 있는' 이 말하면 곧 버릴 것이라는 뜻을 은근히 비추는 것 같아 미안하다. 그러니까 '사랑' 외에는 대안이 없는 것이다.

그렇게 별 걸 다 사랑한다 말하기 시작하면, 하루 24시간은 별별 사랑으로 차고 넘친다.

눈을 뜨자마자 생수 한 잔을 사랑스럽게 마시고 사랑하는 향의 샤워젤로 샤워를 한다. 출근길이 막혀도 사랑하는 아방이가 선곡한 음악을 들으며 느긋한 데이트를 즐기고, 사랑하는 피오나가 타다 준 커피 한잔을 마시며 중독되어버린 싸이 사랑에 빠진다. 사랑하는 노트북과 이심전심이 되어 대본을 만들어 내고, 지쳐 집으로 돌아가면 사랑하는 보라색 벨벳 소파에 쓰러져 응석을 부린다.

사랑에 대한 오만 가지 정의 중 내가 제일 좋아하는 말이 '사랑은 동사'라는 것이다. 사랑은 동사이기 때문에 주어나 목적어가 앞에 붙지 않으면 아예 성립이 안 된다. 당연히 주어는 '나'이니 많은 사랑을 하려면 많은 목적어가 필요하다.

어쩌면 나는 사랑을 하고 있는 '나'를 사랑하기 때문에 별 걸 다 사랑하는지도 모르겠다. 누군가 나에게 물어본 적이 있었다. '그 모든 사랑하는 것들'과 한 사람을 바꿀 수 있겠냐고. 그 한 사람 또한 내 온 마음을 퍼부어 깊이 사랑하는 이였지만, 바꿀 수는 없다고 말했다. '그 모든 사랑하는 것들'은 결국 '나'이기 때문에. 주어 없는 목적어는 침몰한 배에서 떨어져 나와 홀로 떠다니는 돛이 아닐까? 그게 무슨 의미람. 내 인생에 필요한 것은 고갈되어가는 양기를 충전시켜 줄 '남성'이 아닌 '사랑'이기 때문에 급할 것 없다.

천천히 다른 오만 가지의 사랑을 충분히 즐기다 보면, 그런 나를 사랑하고 다른 모든 사랑하는 것들을 굳이 포기하지 않더라도 자연스레 내 사랑의 하나로 흡수가 되어버릴 반쪽이 뿅 하고 등장하지 않을까?

그래서 나는 오늘도 어머니가 잡아오신 좋은 프로필의 맞선자리를 거부하고 사랑하는 노트북과 마주 앉아 자판을 두드리고 있다.

함께 불행해도 좋을 사람

"난, 내가 행복할 때는 세상 누구와 함께 있어도 행복해.

그러니까 함께 행복할 수 있는 사람을 만난다는 건 별로 중요하지 않지.

새삼 누굴 만날 필요도 없이 그냥 내가 행복해지고 나면 해결될 문제니까.

함께 불행해도 좋을 사람! 나는 그런 사람을 찾고 있는 거야.

좋아하는 와인을 함께 마시며 밤새 까르르 웃고 즐길 수 있는 사람은 세상에 많아.

아프고 지쳐 티슈 한 통을 다 뽑아 쓰도록 자학하고 있는 밤, 조용

히 옆에서 팽하고 코를 풀어줄 수 있는 사람.

그런 그에게 예쁘게 보여야겠다는 생각 따위 할 겨를도 없이 원 없이 코가 뻘개지도록 울고 나선 기진맥진 그냥 쓰러져 안길 수 있는 사람.

그렇게 잠시 체온을 나눈 후 라면 하나 함께 먹고 기운을 차리는 거지.

그도 나를 그런 여자로 생각했으면 좋겠어. 함께 불행해도 좋을 사람…”

스무 살 때부터 입버릇처럼 말하던 나의 이상형이 그거였다.

함께 불행해도 좋을 사람!

'함께 붕어빵을 구워 팔아도 존경할 수 있는 사람' 을 만나라고 귀에 인이 배기도록 말씀하시던 아버지의 세뇌교육이 은연중에 나의 연애관을 지배하고 있었던 것 같기도 하다.

아버지께서는 늘 그렇게 말씀하셨다.

현재의 재력이나, 사회적인 지위나, 지나온 배경이나, 그런 것들은 어느 한순간 신기루처럼 사라질 수 있는 것이기 때문에 그 사람의 본질을 잠시 감싸고 있는 포장지 같은 거라고.

어느 순간 그것들이 훌훌 벗겨져 날아간 후에, 나란히 추운 도로 구석에 서서 붕어빵을 구워 팔더라도 그 사람을 무시하지 않고 존경할 수 있을지 그걸 보라고 하셨다.

하도 들어서 난 정말 붕어빵 장수를 사랑해야 하는 게 아닐까? 고민도 했었다. 숙대 앞 붕어빵 장수와 여대생의 로맨스를 들었을 때도 남 얘기 같지가 않았다.

처음으로 진지하게 결혼을 고민하게 된 것도 바로 그 붕어빵 때문이었다. 그의 취미가 케이크 굽는 거라는 걸 알았을 때 하늘에서 종소리가 들리는 것 같았다.

아! 이 사람과 함께라면 정말 맛있는 붕어빵을 구울 수 있겠다!

팥소 대신 마스카포네 치즈를 넣은 대박 붕어빵을 개발할 수도 있겠어.

손님이 없어도 종알종알 끊임없이 수다를 떨며 춥지 않게 시간을 보낼 수도 있을 것 같아. 굽는 족족 먹기만 한다고 구박도 해야지. 어린아이처럼 삐진 표정을 보면 얼마나 우스울까.

아버지가 그렇게 말씀하시던 바로 그런 사람을 만난 것 같았다.

내내 겨울을 기다렸다.

눈이 오는 날, 명동 한복판에서 붕어빵 한 봉지를 사들고 한 손은 그의 외투 주머니에 넣은 채 나란히 붕어빵 하나씩을 먹어보고 싶었다.

그는 붕어빵을 머리부터 먹는지, 꼬리부터 먹는지 지켜보고 싶었다. 그렇게 함께 먹는 붕어빵은 세상 어떤 귀한 음식과도 바꿀 수 없는 맛일 것 같았다.

하지만 붕어빵 굽는 냄새가 거리를 행복하게 만드는 계절이 깊어지기 전에 그 사랑은 끝이 나버렸다.

　마지막으로 그와 악수를 하고 돌아서던 그 골목 언저리에 붕어빵 장수가 있었다. 멍하니 붕어빵 장수를 바라보느라 멀어지는 그를 돌아보지도 못했다.

　충분히 불행하고, 충분히 좋았으니 이제 됐다.

　'함께 불행해도 좋을 사람'은 이제 된 것 같다.

　청승맞은 슬픈 드라마의 주인공이 아닌 온갖 불행도 코미디물로 만들어 버릴 수 있는 유쾌한 사랑. 함께 붕어빵을 구워 팔아도 매일매일을 시트콤처럼 만들어 줄 사랑.

　이제 그걸 기다리는 중이다.

미친 사랑의 김치우동

퀴블러 로스는 사망을 선고받은 인간이 자신의 죽음을 받아들이기까지의 과정을 다섯 단계로 정의하였다.

1단계, 부정

죽음을 앞둔 사실을 스스로 인정하지 않고 남의 일인양 냉소적으로 수용한다.

그런 모습을 주변에서 보면 굉장히 쿨하고 초연하다고 착각하기 쉽다. 이 단계에서 주변사람들은 그가 현실을 받아들이도록 돕는 것이 중요하단다.

2단계, 분노

왜 하필 나에게, 내가 뭘 잘못했길래!!

울고, 원망하고, 떼쓰고, 발악하고….

이때는 그냥 받아주는 것 외에는 방법이 없단다.

3단계, 타협

자신의 무언가를 걸고 절대자와 타협을 한다. 아무도 몰래 간절히 마지막 소원을 빈다. 주변에선 그 상태를 눈치 챌 방법이 별로 없다. 그저 조금 무기력해 보이는 모습이 걱정스럽겠지.

4단계, 우울

극도의 상실감으로 헤어나기 힘든 우울에 빠진다.

이때는 그 우울이 자연스러운 감정임을 주지시키며, 필요로 할 때 부드럽게 대해 줘야 한다.

5단계, 수용

이제는 수용이다. 죽음을 인정하는 것이다. 피할 수 없는 현실임을 받아들이고 차분히 삶을 정리하게 되는 것이다.

이렇게 죽음을 받아들인 인간은 먼 훗날 어떤 곳에 무엇으로 다시 태어난다.

사랑의 사망선고도 마찬가지인 걸까?

그와 어정쩡한 이별의식을 치룬 지 5개월이나 지난 어느 날, 그 아침에서야 나는 이별을 수용하기 시작했던 것 같다. 선선한 바람에 기분 좋게 잠을 깼는데 정말 느닷없이 눈물이 흐르기 시작했다.

끊임없이 흐르고 흐르고 흐르고…. 어떻게 좀 멈춰 보려고 <거침없이 하이킥> 재방송을 보는데 박해미의 포복절도 주사 장면을 봐도 눈물이 흐른다. 울다 지쳐 쓰러져 누웠는데 설핏 잠이 들려 하다가도 눈물이 흐른다.

도저히 진정이 안 될 상황임을 깨닫고는 차라리 다 쏟아버리자 싶었다. 왠지 그렇게 다 쏟아버리고 나면 지루한 우울에서 벗어날 수 있을 것 같았다. 컴퓨터를 켜고 온갖 우울한 음악을 틀어댔다.

제목부터 눈물이 나는 <눈물이 주룩주룩>을 보았다. 아, 사람이 정말 이렇게 끊임없이 눈물을 흘릴 수도 있구나. 나중에는 눈물샘의 메커니즘에 놀라가면서 울었다. 그렇게 아침부터 시작된 눈물의식은 해가 떨어질 무렵이 되어서 끝이 났다.

진이 다 빠졌다는 표현이 딱 어울리는 상태에서 눈물이 멈췄을 때 나는 쿠션 하나를 끌어안고 거실바닥에 널부러져 있었다. 손가락 하나 들 기운도 없는데 이상하게 느껴지는 묘한 카타르시스. 그 상태를 잠시 유지하다가 제일 처음 든 생각이 우동을 만들어야겠다는 거였다.

너무 배가 고팠다. 스르르 일어나 주방 쪽으로 가서 멸치육수를 끓이고 면발을 삶았다. 쯔유간장으로 간을 하며 혼잣말을 중얼거렸다.

"그래도 먹고살겠다고, 내가 지금 뭐하는 거지?"

김치를 총총 썰어 얹은 김치 우동을 담고는 국물 한 숟가락을 떠 마시며 생각했다.

아~ 맛있다. 그래, 대충 라면이나 끓였으면 다시 눈물샘이 터졌을지 몰라. 굿이야 굿!! 그 저녁의 김치우동은 마지막 만찬이었을 수도 첫 만찬이었을 수도 있다.

중요한 건 그 우동 한 그릇을 먹고 난 후, 나를 긴 시간 괴롭히던 집착과 상상과 미련으로부터 탈출을 시작했다는 것이다.

브라보! 마이 김치우동.

목구멍이 포도청이라는 말은 괜한 우스갯소리가 아니다. 그것이 결국 삶의 진리인 것이다. 사랑아, 일단 배불리 먹고 나서 다시 생각하마.

선수를 사랑하는 이유

나는 선수가 좋다. 잘 생각해 보니 어느 정도 선수기질이 없는 남자는 거들떠보지도 않았던 것 같다. 일단, 선수들은 나에게 없는 많은 경험과 실패, 상처와 유흥을 바탕으로 아주 자연스럽게 스며들고, 관계를 발전시키고, 추억을 만들어 준다. 상대가 부담스러워하지 않게 적당히 자존심을 세워 주면서, 물 흐르듯 마음이 자라버리게 할 수 있는 노하우를 가지고 있다.

난 그게 좋다.

워낙 스타트에 약해 매끄러운 시작을 유도해 주는 것이 필요하고, 솔직히 빤히 보이는 작업과정을 지켜보는 것도 흥미진진하고, '그'

의 주도하에 이끌려가는 것이 편하다. 그래서 나는 선수를 좋아한다.

어설픈 선수들은 티가 팍 난다. 대부분이 작업 성공지수를 통해 자신의 존재가치를 확인하고 뿌듯해한다. (스스로 의식을 하든 안 하든)

'어! 별 작업 안 했는데도 넘어오네. 역쉬 난…' 이런 식이다.

자기는 별 관심 없는데 누구랑 엮였다는 얘기를 술자리에서 땅콩 까먹으며 하는 녀석들이 대부분 어설픈 선수다. 작업 이외에 별로 할 일이 없는 한심한 선수들이 이런 오류를 범한다. 사실, 여자들은 넘어가는 것이 아니라 넘어가 주는 경우가 대부분인데 말이다. 안타깝다. 이런 경우, 에너지 보존의 법칙에 의거 그는 절대 다른 분야에서의 성공이 힘들다.

고수의 경지에 오른 선수들의 가장 큰 문제점은 자신이 지금 작업 중인지, 진심인지 분간을 못한다는 것이다. 어떠한 계기로 번쩍 정신

이 들거나 자신보다 더 막강한 선수를 만나 살지 않는 이상, 진지한 사랑에도 작업의 자세로 임하고 작업의 대상도 진심이라 착각하게 만들어 상황을 아주 복잡하게 만든다. 결국 패가망신에 이르는 지름길로 치닫고 있는 것이다.

아! 그럼에도 불구하고 나는 왜 여전히 선수에게 끌리는 걸까?

다시 생각해 보니 내가 진짜 원하는 선수는, 어설픈 선수에서 고수로 넘어가는 과도기에 갑자기 해탈의 경지에 이르러 모든 무모한 선수활동을 접고 과거 화려했던 생활의 흔적만 살짝 남은 그런 선수인 것 같다.

나는 당신이 그런 선수인 줄 알았다.

당신은 언제
외로움을 느끼나요?

힘들거나 외로울 때 제일 먼저 생각나는 사람이 자신이 진심으로 사랑하는 사람이라는 말을 흔히 한다. 그런데 그 사람이 누구인지를 곱씹어보는 것보다 내가 제일 외로울 때가 언제인지를 먼저 체크해 보는 건 어떨까? 그렇다면 자신이 진짜 원하고 있는 사랑의 유형을 가늠해 볼 수도 있지 않을까?

한 결혼정보회사에서 발표한 재미있는 설문조사 결과를 봤다. 미혼의 남녀가 외로움을 느끼는 때에 차이가 있다는 것이다. 그 통계에 따르면, 미혼의 여성이 가장 외로움을 느끼는 때는 '아주 맑고 쾌청한 날씨의 휴일'이라고 한다. 반면 미혼의 남성이 가장 외로움을 느끼는 때는 '아무 약속도 없는 퇴근시간' 이라고 한다.

이 재미있는 차이를 내 시각대로 재해석 해봤다.

여자에게 사랑 혹은 연애는 이벤트이다.

쌍쌍이 거니는 휴일 공원의 산책, 혹은 드라이브 같은 것이다. 그래서 그러한 이벤트를 갖기 적당한 맑고 쾌청한 날씨의 휴일이면 상대적인 외로움을 더욱 느끼는 것이다.

남자에게 사랑 혹은 연애는 휴식이다.

하루 일과를 마치고 찾아 들어가 푹 파묻히는 소파 같은 것이다. 그래서 뻐근한 하루를 마무리하고 나른한 휴식이 필요한 시간이 되면 외로움을 사무치게 실감하는 것이다.

연애 중인 커플들의 소소한 싸움 얘기를 들어보면, 함께 진행하는 행위의 해석이 서로 조금씩 다른 것에서부터 시작한다. 밥 문제만 해도 그렇다. 내 주변의 여자들은 남자친구가 아무거나 먹으러 가자는 말을 할 때 그의 무성의함에 분노하며 화를 낸다. 이 상황 또한 해석의 차이인 것이다. 여자에겐 그와 함께 먹는 밥 한 끼조차 하나의 이벤트이기 때문에 계획을 하고 진행을 하며 하나의 컨셉이 있어야 한다. 하지만 남자에게 그녀와 함께 먹는 밥 한 끼는 편안한 휴식일 뿐이니 어디 가서 뭘 먹든 중요하질 않다.

(어허 이리 잘 알면서 그때의 나는 왜 그리 사소한 것들에 삐쭉거렸을까?)

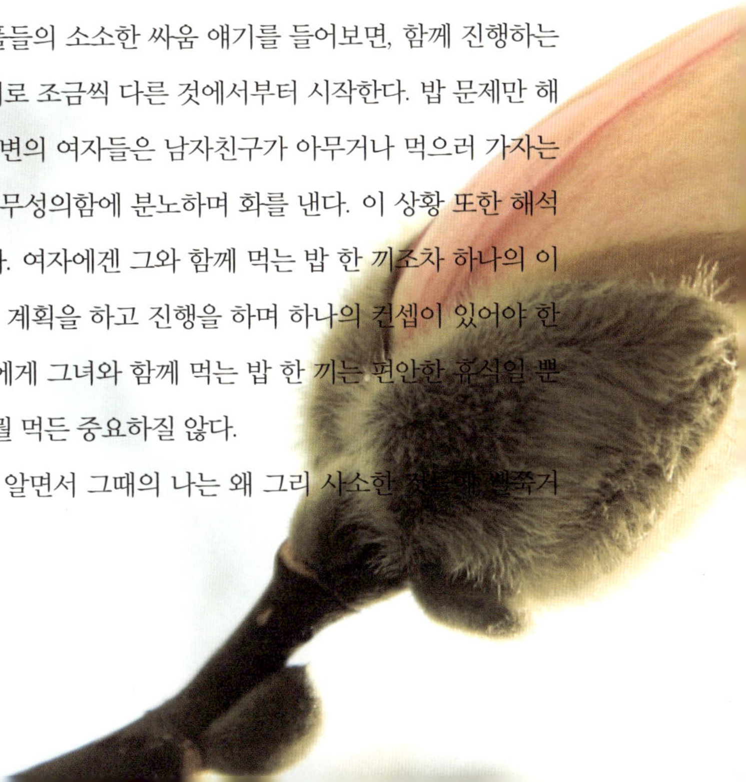

흠, 그럼 내가 가장 외롭다고 느낄 때는 언제인가 생각해 볼까?

일단, '아주 맑고 쾌청한 날씨의 휴일'이면 할 일도 많고 갈 곳도 많아 외로움을 느낄 겨를이 없다. 그리고 '아무 약속도 없는 퇴근시간'이 거의 없기 때문에 간혹 그런 날이 되면 얼른 집에 들어가 쉬고 싶은 생각에 오히려 신이 난다.

내가 지독하게 외롭다 느낄 때는, '할인마트에서 장을 보고 그 짐들을 옮길 때'이다. 이것저것 카트에 물건을 집어넣을 때는 아무 정신이 없다. 명품 쇼핑은 아니지만 소비의 쾌감에 홀딱 빠져들어 마냥 신이 난다. 스트레스 해소에도 그만이다.

하지만 그것들을 계산하고, 봉투에 넣고, 주차장에 차를 대고 낑낑대며 옮길 때 나는 정말 너무 너무 너무 외롭다. 혼자 먹고 살겠다고 땀 삐질 흘려가며 사들고 가는 내 모습이 심하게 서글프다. 행여 장을 보고 온 신혼부부라도 맞닥뜨리면 최고로 눈물이 날 만큼 외롭다.

자, 이 현상을 또 재해석 해볼까? 그러니까 나에게 사랑 혹은 연애는 짐꾼인 것이다. 할인매장 가는 빈도 정도로 불쑥불쑥 버거울 때, 내 짐을 좀 나눠들어 줄 사람이 필요한 것이다. 몹시 이기적이고 계산적인 목적이군! 남의 귀한 아들 데려다 짐꾼 시키긴 미안한 노릇이니 한번 잘 생각해 봐야겠다.

또 다른 외로움의 조건은 공항에서 만들어진다. 길건 짧건 해외에 다녀오는 길이면 수하물을 찾기 위해 기다리는 동안 항상 상상한다.

저 입국장 문을 나가면 누군가 날 기다리고 있지 않을까? 깜짝 놀라게 하기 위해서 예고도 없이 마중 나온 이가 있었으면 좋겠다.

번번이 부질없는 기대를 하고 나가서는 두리번대지만 당연히 아무도 없다.

이 상황에서 내 사랑 혹은 연애는 여행 가이드이다. 비행기를 타고 내려온 이곳에서 시작될 앞으로의 여정을 찰싹 달라붙어 함께하고 안내해 줄 가이드.

그러고 보니 꽤나 독립적이고 강한 척하는 내가 사랑 혹은 연애에 있어서는 상당히 의존적인 성향을 가지고 있군. 아주 이중적이야. 이 이중성의 괴리감을 좁혀가는 것이

기약 없는 싱글 생활의 외로움에 치를 조금 덜 떨며 살 수 있는 유일한 방법일 것 같다.

사랑의 연애지수

조짐은 그 뿌연 하늘. 정확히 말하면 하늘과 땅의 경계선조차 삼켜버린 누런 황사부터였다.

한 달여를 들쑥날쑥, 사람 애간장을 녹이는 시청률 때문에 잔뜩 긴장한 마음으로 방송을 모니터하는 시간. 흠, 이 정도면 나쁘지는 않은 성적일 것 같은데 아이템 좋고 분위기 좋고. 헌데, 저 답답한 하늘이 찜찜하단 말이야.

방송가의 정설로는 비가 오거나 이렇게 외출이 내키지 않은 날씨라면 평소보다 조금은 올라간 시청률이 나오기 마련이다. 외출은커녕 창문 여는 것조차 주저하는 날씨라면 소심하게나마 오를 것이란

기대를 가질 만도 하건만, 영 뒷맛이 개운하질 않다. 바지락 칼국수를 후룩후룩 시원하게 빨아들이는 류시원의 눈웃음이나, 복스럽게 쓱쓱 비빈 열무 보리 비빔밥을 메어지게 먹고 있는 강수정의 복스런 얼굴도, 이 찜찜한 기분을 가시게 하질 않으니… 에라 모르겠다.

언제나처럼 <결정! 맛대맛> 애청자의 식욕이 되어 방송에서 본 그 맛을 갈구하며 냉장고를 연다. 열무김치와 고추장을 꺼내 지어 놓은 밥에 쓱쓱 비벼 먹는다. 묵은 열무김치와 열무 겉절이를 섞어 강된장과 비지에 비벼먹는 출연 맛집의 그것과는 하늘과 땅 차이지만 게으르게 깨운 공복을 채우기에는 문제가 없다.

아, 배부르다. 또 졸리다. 행복하다. 설거지도 밀어놓고 낮잠에 빠진다. 그 달콤한 일요일 낮잠은 매콤한 속쓰림에 밀려 오래가질 못한다. 불길하다 불길해. 내일 시청률이 불길하다.

'편지 왔어요~'

분주한 출근 준비를 일시정지 버튼처럼 멈추게 하는 문자메시지 알림음. 심호흡을 크게 하고 확인버튼을 누른다. 맙소사! 불길한 어제의 기분처럼 사정없이 곤두박질 친 숫자가 선명하다.

서울, 수도권, 어디 하나 변명할 틈도 없이 확실한 꼴찌다. 최악이다. 회사가기가 어디 돈 꾸러 가는 것처럼 염치없고 내키질 않는다. 축 처진 팀 분위기나 각오하고 듣는 윗분들의 잔소리는 뭐 그렇다고 치더라도 자꾸만 눈앞에 아른거리는 그 숫자들이 무슨 유령처럼 날

놀리는 것만 같다.

구구단을 못 외워서 책받침 하나, 토마토 한 개와 함께 안방에 감금되었을 때도, 고 1때쯤 수학 50점 받고 비오는 날 먼지 나게 맞았을 때도, 혹은 대학입시를 준비하면서도 수학은 내게 그 까이 꺼~ 모 잘하면 좋고 못하면 말고 그런 거였다. 내 인생 잘 먹고 잘 사는 데 수학은 그리 중요하지 않다고 부르짖었다. 근데, 이게 무슨 씁쓸한 시츄에이션?

다 큰 33살의 나는, 시청률 숫자 한끝 차이로 천당과 지옥을 넘나들고 있다.

한 회 방송을 준비하는 데 걸리는 한 달 여의 시간과, 스텝들의 실랑이, 땀, 녹화장에서의 긴장도 시청률이 뜨고 나면 인정사정 없다.

의연한 척 하지만 그 숫자에 따라 한 프로그램 메인 작가로서의

존재 의미까지 의심하게 되는 건 어쩔 수가 없다. 더구나 나는 소심한 A형이 아니던가.

심호흡을 하고 다시 생각하면 한편으로 고맙기도 하다. 느슨해졌던 내가 숫자 하나로 꽉 쪼여지기도 하고, 영 정신이 나가버릴 수도 있는 상황이 되고 보면, 프로그램을 더욱 정신 바짝 차려 추스를 수 있는 기회가 되기도 한다.

인간관계에도 이런 숫자가 있으면 어떨까? 특히, 연인 사이에 말이다.

일주일 단위로 시청률 비슷한 감정지수를 주는 거다. 좀 떨어졌다 싶으면 뭐가 문제인지 서로 체크하게 될 것이고, 이래저래 애를 써도 계속 떨어진다면 곧 개편 당할 것임을 예상하고 마음의 준비를 할 수도 있을 것 아닌가.

뜬금없이 꽁꽁 쌓아둔 청천벽력 같은 얘기들을 몰아서 듣고는 일방적으로 이별을 통보받는 것보다 훨씬 인간적이고, 합리적이지 않을까?

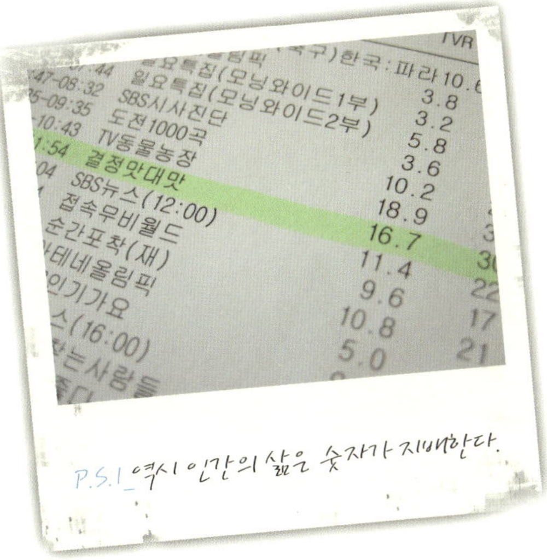

징거버거 먹다 만 한 여자

협찬사와의 미팅 시간까지는 한 시간 반이나 남았다. 한 시간 반. 서울 시내 교통상황이 어딜 다녀오도록 허락할 것 같지는 않고. 일단 차를 주차시킨 후 카메라 가방만 꺼내 길을 나섰다.

평일의 밝은 대낮 홍대 거리를 카메라에 담고 싶었으나, 웬걸 갑자기 몰아지는 돌풍이 작품활동에 대한 의욕을 순식간에 날려버린다. 얇은 면직 블라우스는 체온을 가둬두는 데 전혀 도움이 안 된다. 뼛속까지 떨리기 시작한다. 하루 종일 사탕 하나밖에 먹어 두지 않은 탓도 있으리라. 어디든 들어가 뭘 먹으며 시간을 보내야겠다. 어디가 좋을까?

첫째, 무엇보다 혼자 앉아 있기 뻘쭘하지 않은 곳.

둘째, 한 시간 반이라는 시간이 눈치 보이지 않는 곳.

셋째, 사람 구경하기 좋은 곳.

순간 KFC 간판의 허연 수염 할아버지가 눈에 들어온다. 무거운 유
리문을 밀고 들어갔다. 일단, 마땅한 테이블이 있을지 2층으로 올라

가 탐색을 한다. 창문을 바라보고 세팅된 바가 있다. 띄엄띄엄 홀로 온 손님들도 심심찮게 눈에 띈다. 오케이.

다시 1층으로 내려가 주문을 한다. 뭘 먹을까? 역시 혼자 앉아 먹기에 불편하지 않은 메뉴여야 한다. 오랜만에 닭다리를 뜯어보고 싶지만 혼자 먹기엔 부적절한 메뉴다. 속이 훤히 비치는 얇은 블라우스를 입은 여자가 창문을 마주하고 앉아서 닭다리를 뜯는 건 별로 유쾌해 보이지 않을 듯 싶다.

거참, 여기서도 메뉴 고민을 해야 하나? 증권맨들이 주가변동에 집중하듯, 의사가 환자 안색에 곤두서듯, 메뉴를 결정하고 고민하는 것이 직업인 맛대맛 작가에게는 KFC에서 닭다리를 뜯을 것이냐 비스킷을 먹을 것이냐 결정하는 것조차 '일'이다.

짧은 한숨을 쉬고 다시 메뉴를 보다가 '징거버거'라는 것이 눈에 띄었다. 빵 사이에 양상추, 토마토와 함께 닭가슴살 튀긴 것이 들어가 있다. 소스도 많이 뿌리지 않은 것 같아 맘에 든다. 이름도 맘에 든다. '징거버거' 오매, 징헌 거.

"징거버거 세트 주세요."

"감자튀김은 새로 튀기는 중이라 2분 정도 걸리는데 괜찮으시겠어요?"

"네."

계산을 하고 감자튀김을 기다리며 '갓 튀긴 감자튀김이니 맛은 괜

찮겠군' 생각했다. 흐뭇함은 잠시, 유리문을 밀고 들어와 내 뒤통수를 쳐다보는 사람들이 자꾸만 신경이 쓰이고 불편하다. 그냥 비스킷이나 먹을 걸 그랬나.

감자튀김이 나오고 맛있게 드시라는 무표정한 종업원의 겉치레 인사말을 한 귀로 흘리고는 2층 점찍어 둔 자리에 가서 앉는다.

콜라 뚜껑을 열어 뒤집어 놓고 1회용 케첩을 짜서 담는 나의 버릇은 여전하다. 빨대로 적당히 싱겁고 적당히 탄산이 빠진 콜라를 쭉 빨고는 '징거버거' 포장을 연다. 이게 얼마 만에 먹는 버거여. 입을 벌려 한 입 크게 베어 문다. 그리고는 바로 슬그머니 내려놓고 말았다.

갑자기 홍대 약속 장소의 대명사가 된 창문 밖 길 건너에 모인 사람들이 눈에 들어오기 시작한 것이다.

발 동동 구르며 지하철 출구를 지켜보는 남자, 코 끝 빨개진 얼굴로 깔깔대며 핸드폰 통화 중인 여자, 좀 화가 난 표정으로 팔짱을 낀 채 우두커니 서 있는 여자, 귀에는 이어폰을 꽂고 문자를 보내고 있는 남자.

그들을 내려다보고 있는 징거버거 먹다 만 한 여자.

갑자기 속이 턱 막혀온다.

일에 치여 식사시간을 놓친 그는 혼자 라면을 먹으러 가면 꼭 문자를 보냈다.

'이제 라면 먹으러 왔어. 공기밥 시킬까? 말까?'

'배 나와 라면만 묵어'

'라면 나왔다 맛있어 ㅋㅋㅋ'

혼자 라면을 먹는 그에게는 내려다 볼 통유리도 없고 좀 더 느긋하게 즐길 여유도 없었을 것이다. 그리고 지금의 나처럼 혼자 때우는 끼니가 살짝 불편했겠지. 한 손으론 라면을 먹으며, 한 손으론 문자를 날리며. 그 어색함을 나에게 의지했을 것이다.

아주 오랜만에 그런 어색한 끼니의 시간이 나에게 찾아와 주었는데, 이제 나에겐 문자를 보낼 그가 없다. 혼자 먹는 징거버거는 참 징허고 징허다.

외로운 비빔국수 레시피

정작 사람의 식욕을 자극하는 요소는 맛이 아니다. 미각이 미치는 영향은 겨우 10%. 가장 큰 자극이 되는 건 시각으로 87%. 그 외에 청각이나 후각 등이 종합적으로 작용하여 식욕을 불러일으킨다고 한다. 그리고 보니 시뻘건 음식을 보면 유난히 식욕이 당기는 이유가 설명이 된다. 빨간색이야말로 피를 들끓게 하는 가장 강렬한 자극을 가진 색이 아닌가.

아무리 배가 불러도 누군가 양푼이에 고추장 듬뿍 넣고 쓱쓱 밥을 비비는 장면이나 시뻘건 양념의 면발을 후룩후룩 먹는 모습을 보면 참기가 힘들다. 고로 한밤중에 그런 자극적인 장면을 내보내는 일은

시청자들의 몸매관리를 위해 자제
해야 한다고 생각한다.

밤늦게 피자를 한 판 배달시켜
먹고 늘어져 TV를 보던 나와 친구
도 그 붉은 색의 유혹을 이기지 못
했다. 주인공이 비빔냉면을 비벼 먹
는 장면에서 무너지고 만 것이다.
그 시간에 냉면을 먹을 방법은 없
고 아쉬운 대로 비빔국수를 먹기로
했다.

한밤에 비빔국수를 만든다. 밥은
없고 배는 고플 때 심심하면 해먹
던 음식이니 만드는 건 우습다. 김
치를 총총 썬다. 대충 혼자 먹던 때
의 2배, 아니다. 조금 덜 썰까? 물이
펄펄 끓는다. 소면을 넣는다. 역시
대충 혼자 먹던 때의 2배면 되겠지.
아니야. 라면도 둘이 먹으면 남으니
까 조금 덜 삶아야 하나?

오 맙소사! 내가 비빔국수를 만

들면서 이렇게 헤매다니. 눈 감고도 만들던 것을. 삶은 면을 헹구고 양념한 김치를 넣고 김가루를 뿌려 무친다. 채썰어둔 오이를 얹어 마무리한다.

이런, 색깔부터가 영 아니다. 머뭇거리다가 고추장을 조금 소심하게 넣었더니 꽝이다. 면발도 틀렸다. 너무 작은 솥에 삶아서 탄력이 없이 팅팅 불었다. 맥주 잔뜩 마시고 잠이 든 다음 날 내 얼굴처럼.

내가 만들어 놓고도 너무 맛있어서 침을 질질 흘리던 비빔국수인데. 혼자 만들어 먹으면서 혼잣말로 감탄사를 연발하던 비빔국수인데.

생각해 보니 비빔국수는 단 한번도 2인분을 만들어 본 적이 없다. 누군가를 위해 만들었던 음식 리스트에 비빔국수는 포함이 된 적이 없다.

나에게 비빔국수는, ‘배는 고프고, 나가긴 싫고, 배달시켜 먹기에 마땅한 메뉴가 생각나지 않을 때, 냉장고에 있는 김치 따위를 이용해 간편하게 만들어 먹는 홈 메이드 패스트푸드’ 이다. 동시에 매운 뒷맛에 아릿아릿 쓰려오는 속을 문지르며 아닌 척 외로움을 달랬던 수많은 저녁시간을 의미하기도 한다.

‘혼자’ 가 아닌 ‘둘’ 이 먹어야 한다는 돌발상황을, 몇 년간 반복되었던 1인분 레시피에 길들여진 내 손이 받아들이질 않는 거다. 한 젓가락 먹고는 실망이야를 연발하는 친구는 둘째 치고, 혼자에 길들여져 가는 모습의 단편이 날 당황하게 만든다. 굶주림에 혼자 삶아 비벼 먹던 몇 년의 세월 동안, 나는 어느새 '비빔국수 2인분 불능'이 되어 버린 것이다.

어쩌면 외로움 또한 의식하지 못한 사이 굳어진 습관과 같은 것일지도 모르겠다. 그 습관을 고치기 위해 무던한 노력이 필요하다는 것을 잘 안다. 외로움이라는 쓸쓸한 습관에 의하면, 나에게 비빔국수는 딱 1인분이다.

수줍은 연둣빛 사랑

봄비가 이제 제대로 내리기 시작한다. 어제는 우중충한 하늘 덕분에 몸도 꿀꿀, 마음도 꿀꿀 모드였는데, 톡톡 빗소리에 기분 좋게 잠을 깬 오늘은 쿨 모드다.

지칠 때까지 자다 일어나 세수도 안 하고 뒹굴며 보낸 하루. 나쁘지 않다. 보는 둥 마는 둥 창밖과 번갈아 보기 위해 틀어 놓은 TV. 양은냄비에 라면 하나 끓여 먹고 설거지도 밀어 놓고 다시 깊지 않은 낮잠. 아, 제대로 나른한 주말이다.

대충 옷을 입고 야구 모자를 하나 쓰고는 할인마트에 갔다. 별로 살 것은 없지만, 약속 없는 휴일이면 운동 삼아 방문하곤 한다. 커다

란 카트를 밀고 이리저리 구경 다니고 사지도 않을 것을 괜히 들었다
놨다 한다.

식품매장에 들러 일주일 동안 먹을 과일이며, 요쿠르트며, 각종 식
량을 장만한다. 혼자만의 휴일 만찬을 위한 장도 본다. 스테이크용
한우 등심 200그램과 각종 샐러드용 채소들. 채소 코너에는 이미 알
싸한 향의 봄나물들이 그득하다.

어느새 쑥도 수북하게 쌓여 있다. 아버지 집에 얹혀 살 때는 봄마
다 뒷산의 쑥을 뜯어 쑥국을 끓여 드리곤 했었다. 봄에 쑥국 세 번만
먹으면 일 년이 건강하다는 말씀을 종종 하셨기 때문에 유일한 효도
라고 하는 것이 쑥국을 끓여 드리는 것이었다.

멸치를 우려내 된장을 풀고 감자, 쑥을 넣고 끓여 담아내면, 김치
한 가지만 곁들여 놓아도 밥 한 공기 뚝딱. 그 구수하고 향긋한 맛이

떠올라 견디기가 힘들다.

쑥, 냉이, 달래를 거쳐 유난히 환한 연둣빛으로 시선을 잡아끈 건 돌나물이었다. 돌나물은 '돈나물', '돗나물', 이름 헷갈리기 1등인 봄나물이다. 봄 이슬을 가득 품고 있는 통통한 잎과 줄기. 새콤한 물김치를 담가 먹어도 좋지만 초고추장 뿌려 슬쩍 버무려 먹어도 봄 미각으로 침샘을 간질이기엔 충분하다.

오이소박이를 만들 때 돌나물 무침을 소로 넣어 익히면 그 맛이 아주 감동적이다. 부추로 만든 소는 발효향이 강해 높은 하이힐 신고 또각또각 걷는 느낌을 준다면, 돌나물 소는 작은 리본 장식이 달린 플랫슈즈를 신고 경쾌하게 걷는 걸음이랄까?

이런저런 돌나물의 맛들을 연상하니 기분이 좋아졌다. 조심조심, 여린 잎이 뭉개질까 신경 쓰며 담는데 갑자기 그 쑥스러운 연둣빛이 눈물 나게 사랑스럽다는 생각이 들었다.

사랑, 그래 그 단어의 첫느낌이 이랬었지. 처음 시작하는 그 순간의 수줍은 연둣빛.

마음 깊은 곳부터 그 연둣빛으로 서서히 물들어 몸 안의 붉은 기운은 온통 두 뺨과 입술로 올라와 앉은, 그래서 사랑에 빠졌다는 걸 도저히 감출 수가 없었던 그 시간들. 모든 게 마냥 조심스러워 덜하면 서운할까, 과하면 다칠까, 아기 이파리 보듬듯 귀하고 귀하던 마음. 그 모든 게 연둣빛이었다.

하루 종일 내리는 봄비.

이 비가 그치고 나면 세상 오만 군데가 다 그 빛이겠다. 눈을 돌리는 곳마다 그 눈이 시린 연둣빛으로 가득하겠지. 나는 그냥 그 연둣빛 순간을 추억할 뿐이다. 심장도 머리도 온통 설렘으로 가득한 그 순간을 말이다.

이어질 인연은
어차피 이어진다?

내가 그를 사랑하게 될 것이라 예상했던 사람은 아무도 없었다. 사실 나도 몰랐다. 그저 편안하고 재미있는 사람을 만나 지루한 일상이 좀 달라졌다는 즐거움 정도였지 사랑은 아닐 것 같았다. 아니, 사랑이라는 것 자체를 다시 시작하지 않을 생각이었다.

그래서 사랑하기 시작했음을 느끼는 순간, 나에겐 엄청난 혼란이 함께 찾아왔다.

혼란에 빠진 사람은 멍청한 행동을 하기 마련이다.

불안!

난 불안했다. B형 남자들의 특성이라고 하던가? 내 마음이 정복된 걸 눈치 채는 순간 그가 변할지도 모른다는 생각에 몹시 불안했다. 가끔 이유 없이 엄습하는 공허함도 직관력이 발달한 A형 여자에겐 의미심장하다.

의심!

그의 다정함을 온전히 믿어도 되는 걸까?
꽁꽁 잠가 놓았던 내 마음을 와르르 무너뜨린 그가 사실 사랑이 아니라면?

그는 그저 몸에 밴 습관대로 나를 대하는 것뿐이라면?

어쩌면 서로 포장된 모습만 보여주고, 보고 있는 것이라면?

공포!

더 많이 사랑하는 사람이 결국 다치게 되어 있는 법.

또 다시 아프게 된다면 과연 버텨낼 수 있을까?

여러 가지 혼란 속에서 우왕좌왕하던 나는 쓸데없는 짓을 하고 말았다. 나도 모르게 그를 테스트하고 있었던 것이다.

미운 말, 과격한 행동, 과장된 감정 표출.

이런 것들에 그가 어떻게 반응하는지를 관찰하고 있었다. 나의 아주 추한 모습을 보고도 그가 한결같다면 그 뒤론 그를 온전히 믿을 수 있을 것 같았다.

그런 나의 앞뒤 안 맞는 행동을 그는 어떻게 이해했는지 모르지만, 변함없이 내 편이 되어 보듬어주는 그를 보며 나는 확신하게 되었다.

서로 딱 맞물려 떨어지는 조개껍데기는 세상에 오직 한 쌍뿐이라고 한다. 난, 그걸 찾았다고 확신했다. 하지만 지금 생각해 보니, 어쩌면 그는 그 순간부터 불안과 의심과 공포가 시작된 것일지도 모르겠다. 티를 안 내려 무던히도 애를 쓰며 말이다. 내 속도 내가 모르는

데 남의 속을 알고 싶어 허둥댔으니. 엉망이 될 수밖에.

만일, 지금 그 순간으로 시간을 돌려놓는다면 나는 어떻게 할까?
아마 알면서도 똑같은 실수를 반복하겠지. 그럼에도 불구하고 이어
질 인연은 이어지기 마련일 테니까.

뚝배기의 요술

서툰 길안내 덕에 골목골목을 헤매다 불쑥 낯익은 풍경이 펼쳐졌다. 익숙한 표지판과 나무들, 그의 집 앞이었다. 순간 머릿속은 텅 비어버렸다. 그의 방 창문이 건너다보이는 대로변에 차를 세우고 한참을 멍하니 서 있었다.

볼일을 마치고, 퇴근길 올림픽 도로를 1시간 넘게 깔고 앉아 있다 집에 오니 아주 강한 허기가 밀려온다. 앞치마를 두르고 냉장고를 뒤져 닭죽을 만든다. 커다란 뚝배기에 토막 낸 닭 몇 조각을 넣고, 마늘 몇 알과 물을 부어 불에 올렸다.

30분쯤 지나니 2/3 정도로 졸아 있는 국물이 제법 뽀얗다. 닭기름을 걷어내고 불려 놓은 쌀 한 웅큼을 넣었다. 불을 약하게 줄여 놓고 30분간 딴짓을 한다. 음, 냄새가 제대로 나는 걸. 뚜껑을 닫고 불을 끈 후 뜸을 들인다. 백김치를 총총 썰어 담고, 덜어 먹을 그릇과 연장을 챙긴다. 뚝배기를 갖다 놓고 혼자 감탄을 한다.

히야, 제대로다. 완벽한 1인용 닭죽이군. 냄새 죽어! 맛, 제대로야. 좋아 좋아. 으하하하하.

닭죽을 덜어 백김치를 얹어 먹는다. 닭다리도 하나 뜯어본다. 지네를 먹고 자란 재래닭이라고 했던가? 쫄깃하기가 장난이 아니다.

닭다리 하나를 채 해치우기도 전에 그와 함께 먹었던 오골계를 떠올리고 말았다.

그 단단하고 야무진 살을 그는 성실히도 발라 주었다. 나중엔 가위, 집게까지 동원해서 기를 쓰고 발라 주었다. 큰 살점을 잘라내 내 접시에 올려 주고 나면 뼈다귀에 남아 있는 것들을 쪽쪽 참 맛나게도 발라먹었다. 오골계가 어디 좋고, 안에 넣은 흑삼이 뭐고, 쫑알쫑알 읊어대는 내 수다를 참 열심히 들어 주었다.

그도 가끔 나를 떠올려 줄까? 닭죽을 먹을 때나, 수제비 혹은 초밥을 먹을 때만이라도 말이다.

이별,
그와 함께 떠나 보낸 것들

파리에서 오랫동안 생활한 친구는 기어이 그곳을 보여줘야 한다며 없는 시간을 쪼개 나를 끌고 갔다. 다리품 팔아가며 정신없이 하루를 보낸 나는 빨리 숙소로 돌아가 뻗고 싶은 마음뿐이었는데, 잠깐이면 된다는 그녀의 말을 못 미더워하며 따라갔다.

세상에, 루브르 박물관을 이 야밤에 찾아가 뭘 어찌한단 말인가? 일주일을 돌아도 다 보질 못한다는 그곳을 서너 시간 눈만 버리고 나오기가 싫어서 아예 이번 일정에선 빼버렸던 곳이다. 헌데 친구는 서울로 가기 전에 그 곳을 꼭 보여줘야겠다며 지친 나의 손을 이끌고 있었다.

한적한 거리, 스산한 바람, 저 안에서 들려오는 색소폰 소리.

그 소리를 따라 들어간 곳엔 지금까지 살면서 경험하지 못한 새로운 차원의 공간이 있었다. 루브르성의 섬세한 조각 하나 하나에 생명을 불어 넣은 신비한 조명들과 불이 켜진 창문 틈으로 보이는 천장화들. 나를 빙 둘러선 건물을 올려보고 있자니 땅을 딛고 있다는 사실조차 잊어버릴 정도였다.

한참을 넋을 잃고 서 있는 나에게 친구는 왜 끌고 왔는지 알겠냐며 웃었다. 뭐라 말로 표현할 수 있는 격한 감동에서 정신을 차린 나는 '기필코 다시 오리라. 루브르만을 위해 이곳에 다시 오리라' 다짐했었다.

파리에 다녀온 후, 아주 오래 나는 루브르 향수에 시달렸다. 그러던 중 국립중앙박물관에서 열린 '루브르전'은 그리운 이에게서 불쑥 날아온 문자메시지 같았다. 이른 봄꽃이 피기 시작할 무렵 찾은 루브르전. 그다지 많지 않은 관람객들을 따라 걸으며 파리에서의 벅차올랐던 감동을 끄집어내 본다.

헌데, 파리 루브르에서 날아온 그림들 사이를 걸으면서 오버랩 되었던 것은 파리 루브르에서의 순간이 아니라 지난 여름의 피카소 전시였다. 그의 설명을 들으며 조용히 따라 걸었던 피카소의 판화들 사이. 푸쉬케의 선명한 눈동자를 보면서 피카소의 여성편력을 연상하다니 절망적이다.

그렇게 고대하던 국립중앙박물관의 '루브르전' 관람은 불량배처럼 끼어든 피카소 덕분에 와장창 깨져버렸다. 아직 편치 않은 다리를 끌고 행차한 보람도 없이.

"어디 맛있는 거나 먹으러 갈까?"

급 우울해진 나를 달랠 수 있는 건 역시 '맛있는 것' 뿐이다. 국립중앙박물관에서 제일 먼저 떠오르는 '맛있는 걸 먹을 수 있는 곳'은 딱 한 군데이다. 걸어서도 갈 수 있는 지척에 위치한 작은 초밥집 '기꾸'. 생각만 해도 행복해지는 맛과 분위기를 가진 멋진 곳.

나란히 앉아 히레사케를 마시며 장난기 어린 그의 얼굴을 보는 것만으로 행복했던 곳 '기꾸'. 그 소중한 추억들이 담긴 보물상자 같은 곳 '기꾸'.

금단현상처럼 밀려오는 복합적인 마음은 당장 그곳으로 달려가라 보채지만 그럴 수가 없다. 그래서는 안 될 것 같다.

어쩌면 몇 안 되는 추억의 공간들을 온전히 그의 몫으로 미뤄주는 것이 돈 안 드는 마지막 선물이라는 생각도 들었다. 식욕을 잃어버린 나는 용산가족공원을 걸었다.

저 멀리 수줍게 터진 진달래 꽃망울이 보인다. 올해 만나는 첫 꽃이다. 관리인 아저씨에게 허락을 받고는 성큼성큼 들어가 사진을 찍었다. 여름에 만나 겨울에 헤어진 우리에겐 봄이 없었다. 그게 왜 그리 서러운지 터진 진달래 꽃망울을 보며 한참을 쓸쓸해야 했다.

이별한 후에, 그와 함께 떠난 보낸 것이 너무 많다.
루브르의 감동은 피카소의 판화에 밀려 사라졌고,
서울에서 제일 맛있는 초밥도 먹을 수 없게 되었고,
봄꽃을 보며 느끼는 설렘도 잃어 버렸고,
이제 또 무엇을 그와 함께 떠나보내게 될까?

하자 콤플렉스

인간은 남녀노소를 불문하고 어느 정도의 '하자 콤플렉스'가 있다고 한다. 하자 콤플렉스의 가장 기본 증상은 자신에게 호의적이고 저자세로 나오는 사람을 일단 경계하고 의심하는 것이다.

'멀쩡한 상대가 나 같은 사람에게 자신을 낮추는 이유, 분명히 뭔가 있어. 무슨 꿍꿍이가 있거나 숨겨진 치명적 하자가 있는 게 분명해.'라고 무의식이 발동한다는 것이다. 하자다.

홍대의 한 파스타 집에서 만난 그는 여러 가지 면모에서 완벽에 가까운 남자였다. 그와 대화를 나누는 동안, 이 사람은 어떤 콤플렉스를 가졌을까? 끊임없이 탐구했었다. 띄엄띄엄 이어지는 나의 질문

은 거의 대부분 그의 숨겨진 콤플렉스를 밝혀내기 위한 취조에 가까
운 것이었다.

'똑똑하고, 잘생기고, 능력 있고, 정직하고… 하물며 착하기까지
해? 당신 같은 사람이 뭐가 부족해서 나한테? 분명 허풍이거나, 꿍꿍
이가 있거나, 지독한 선수이거나, 그렇지 않고서야 나한테 잘할 리가
없지.'

뭐, 그런 심리였던 것 같다. 하자다.

스스로를 '별 볼일 없는 사람'이라고 입버릇처럼 말하던 사람을
좋아하던 때가 있었다. 자기는 별 볼일 없는데 나는 별 볼일이 많다
며, 예의바르고, 정중하고, 감사하며 대했었다. 그러던 그가 돌변한

건 내가 최선을 다해 진심으로 대하기 시작하면서부터다. 무례하고, 건방지고, 비겁하고, 저질스런 본색을 드러낸 건, 그의 하자 콤플렉스 때문이었을 것이다.

'너도 결국엔 별 볼일 없는 여자인 것 같아. 나한테 잘하는 것 보면.'

아마 그랬을 것이다. 하자다.

어쨌든, 완벽한 천사는 나에게 아무런 호감을 주지 못했고, 타락한 악마는 긴 시간 마음 한 자락을 잡고 있었다. 아! 제대로 하자다.

어디 이 하자 콤플렉스를 한방에 날려줄 신기한 명약이 없을까?

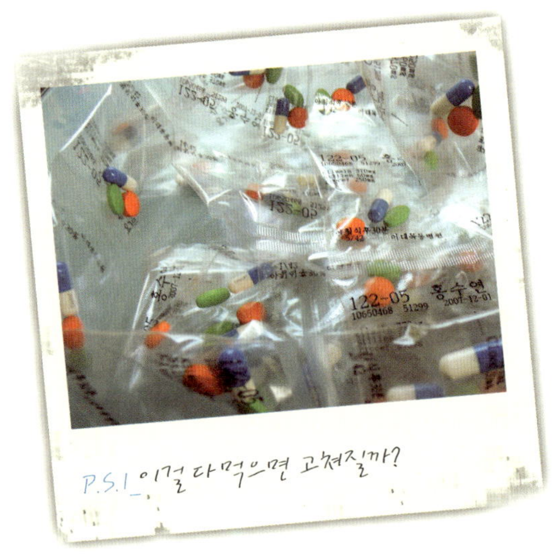

그의 핫초코

지금은 내 머릿속을 꽉 채우고 있는 당신도 결국엔 잊혀질 것이라는 걸 잘 안다.

그 시간을 조금 단축시키는 방법.

당신의 흔적에 다른 추억을 덧씌워 희석시키는 것.

당신과의 마지막 시간이 묶여 있는 그곳에서 그를 만났다.

싱글을 위한 보험특약

살짝 욱신욱신한 발목에 파스 한 장을 붙여놨는데 아침에 일어나니 가관이다. 물에 불려 몇 배 크기로 커져 버린 해삼이 생각났다. 꾹 누르면 솟지 않는 살은 푸르딩딩하다 못해 시커멓다. 이거 병원에 가긴 가봐야겠군.

회의시간이 얼마 안 남아 회사 근처의 병원으로 갔다. 휠체어를 타고 X 레이 촬영 결과를 기다리는데 마음이 급하다. 내 이름이 불리고 의사 앞에 마주 앉았다.

"기브스 해야 하나요?"

"수술해야 하는데요."

"!!!"

사진을 보니 내 오른쪽 발목뼈는 심각하게 으스러져 있었다. 이 상태로 어떻게 하룻밤을 그냥 보냈냐며 의사가 더 황당해한다. 부러진 발목보다 머리가 더 아파온다.

수술을 꼭 해야만 하는지, 얼마나 입원해야 하는지, 그 후 통원치료는 얼마나 걸리는지를 물어보고 사무실에 전화를 했다. 다음 주 녹화시간과 회의일정 등을 확인한 후 잽싸게 머리를 굴린다. 바로 당장 입원해서 내일 수술을 하지 않으면 여러 가지로 일이 복잡해지는 일정이다.

그런 나를 지켜보는 의사는 점점 묘한 표정이 되어간다. 뭐 이런 환자가 다 있나 하는 표정이다. 약간의 과장을 섞어 나의 형편을 설명하고 당장 내일 수술을 잡아 달라고 우겼다. 조금 당황한 의사는 몇 가지를 확인했다. 일단 입원실부터 잡으란다. 수술을 위한 몇 가지 검사를 하고 친구의 도움을 받아 짐을 챙겨 왔다. 링거를 맞고 병실에 누워 있으니 지난 24시간의 일들이 꿈만 같다. 후와, 어떻게 이런 큰일이 아무런 조짐 없이 순식간에 일어날 수 있지?

멍한 기분으로 집에 전화를 했다. 괜히 같이 고생할 필요가 있나 싶어 입원 사실을 알리진 않았지만, 그냥 부모님 목소리만으로도 충분히 큰 응원이 됐다. 응석부리고 싶은 기분이 될까봐 얼른 전화를 끊었다.

아무도 없는 병실.

무선 인터넷을 연결해 여기저기 웹서핑을 하다 보니 급 우울에 빠질 조짐이 보인다. 일단 신파로 한번 가면 정말 헤어날 방법이 없을 것 같다. 처절하지 않은가. 영문도 모른 채 실연을 당하고 다리까지 부러져 혼자 병실에 누워 있는 생일이 얼마 안 남은 한 여자.

진짜 우울하다. 자, 좋은 생각만 하자. 병원에서 킹카 의사라도 만날지 알아? 기브스 풀고 나면 다리가 가늘어져 있겠지? 좋아, 좋아. 다 좋은 거야. 얼른 잠들자. 잠들자. 내일이면 다 좋아질 거야.

그렇게 내 튼튼한 다리에 철심을 박는 대수술이 얼렁뚱땅 장난처럼 끝났고, 한 달여 목발 신세를 진 끝에 내 발목에는 흉한 지퍼자국이 남았다.

흉터를 볼 때마다 생각한다. 어쩜, 마음에 더 끔찍한 흉터가 생길 뻔했는데 맞바꾼 것일지도 모르겠다는….

사람에 대한 배신감과 나 자신에 대한 실망과 온갖 망상으로 뒤죽박죽이던 마음이, 다리를 동여매고 누워있던 12205호 병실에선 힘을 쓰지 못했다. '어떻게 하면 덜 아플까', '퇴원하고 출퇴근은 어찌할까', '병원비는 얼마나 나오려나' 그런 현실적인 문제를 고민하기에도 나의 뇌 용량은 부족했다.

세상에서 제일 불쌍하고, 제일 외롭고, 무참히 버림받았다는 절망에 빠진 나를 번쩍 정신 들게 하려고, 다리 하나가 똑 부러진 것일지

도 모르겠다. 실패한 사랑에 대한 후회로 가득 찼던 내 머리는 상해보험이나 하나 더 들어 놓을 걸 하는 후회로 가득 찼다.

혹시 실연에 대비해 들 수 있는 보험은 없을까?

예를 들면, 실연시 남아 있는 선물값 할부를 대신 갚아주고 긴 휴가를 다녀올 수 있는 비용을 주는 거다. 새로운 사람을 만날 때까지의 유흥비와 정기적인 위로금도 지급되는 거지. 음, 특약으로는 만일 상대방이 양다리였던 것으로 확인될 경우 2배 보장. 실연 후 3개월 이내에 크리스마스나 생일이 되면 W호텔 룸을 하나 빌려 파티를 열 수 있도록 해주는 건 어떨까? 물론 파티 기획과 손님 초대도 보험회사에서 대신 해주고 그런 보험이 생긴다면 난 절대 들지 않을 것이다.

왜냐하면 난 이제 결국 끝나버릴 연애는 아예 시작하지도 않을 생각이니까.

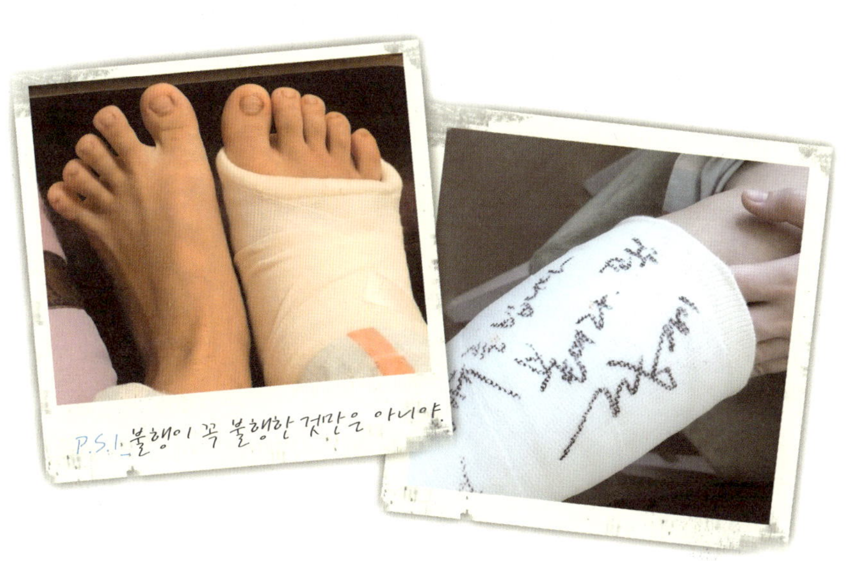

L O V E
E A T

추억도 요리되나요?

늘 똑같이 화곡동의 작은 산으로 떠났던 소풍날의 어수선함과,
당신과의 나들이를 위해 새벽잠을 설쳐가며 준비한 어설픔과,
추운 스튜디오 구석에서 몰래 나눠먹던 그 날의 추억…

남자친구에게도
절대 양보할 수 없는 것

남자친구에게도 절대 양보할 수 없는 게 있다. 가족, 자존심, 그리고 전복 내장.

양식 규모가 커지면서 요즘은 가격이 많이 착해졌지만, 최고급 해산물에 속하는 전복의 대표음식이 죽인 이유는 바로 그 내장 때문이다. 처음으로 제주도에서 내장을 풀어 넣어 누런빛을 내는 전복죽을 먹었다. 한 숟가락 떠먹고는, 그동안 내다버린 전복 내장들에게 깊은 사죄의 마음을 가지고 반성했었다.

전복의 맛은 전복 내장에 있었고, 그 내장의 맛을 온전히 살려낸 음식이 전복죽이라는 것을 그때 알았던 것이다.

이젠 전복 살 1킬로그램과 내장 하나를 바꾸자고 해도 나는 바꾸지 않는다. 진하면서도 한 점의 탁함 없는 완전무결한 고소함. 바로 내장의 그 맛 때문에 전복이 귀한 해산물로 사랑받는 것이다.

전복 산지의 어르신들께서는 전복의 내장을 먹을 때 원칙이 있다고 한다. 잘 보면 검푸른 빛을 띠는 것이 있고 누런빛을 띠는 것이 있는데 이 차이를 아시는가? 바로 암수를 구별하는 것이다. 내장이 파란 것이 암놈, 누런 것이 수놈. 그래서 여자는 누런 것을, 남자는 파란 암놈의 내장을 먹어야 제대로 전복빨을 받을 수 있다는 것이다.

과학적으로 설명이 되는지 안 되는지는 모르겠으나, 그 얘길 듣고 나서는 누런 내장을 골라 먹게 되었다.

내장 누런 전복을 골라 전복죽을 만들 때, 제일 먼저 해야 할 일은 전복 껍데기로 육수를 내는 것. 전복 껍데기로 장롱만 만드는 것이 아니다. 잘 씻어서 물을 붓고 한참을 끓이면 영롱한 무지개빛이 사라진다. 그렇게 끓여낸 육수로 죽을 쑤거나 미역국을 끓이면 그 맛과 효능이 훨씬 깊어진다는 사실. (전복요리 전문점에서 잘 공개하려고 하지 않는 비법이다.)

전복의 효능을 읊자면 입이 아플 지경이다. 한방에선 '자음보식'이라 하여 노화가 시작된 사람에게 최고라 하였고, 규합총서에는 '천리광이라 하여 눈을 밝히는 약으로 쓴다'고 기록되어 있다.

특히, 명의별록에는 '청맹도 고칠 수 있고 눈이 맑아지고 정력이 강해진다'고 아주 직설적으로 소개되어 있다. 물론 여기서 말하는 정력이란 비단 성적인 에너지를 뜻하는 것은 아니지만, 다들 그냥 그렇게 이해하고 넘어간다. 아마 그것이 가장 절실한가보다. 그럼 그렇게 믿고 먹는 거지 뭐.

전복이 자양강장에 좋은 이유는 아르기닌이라는 성분 때문이다. 전복을 감싸고 있는 미끈미끈한 점액질인데, 이것이 남성의 정액을 구성하는 성분과 같단다. 그래서 그걸 많이 먹으면 힘이 불끈한다는데 그래서일까? 미끌미끌한 점액질을 갖고 있는 음식재료들은 모두

'정력' 이라는 단어와 맞닿아 있다.

정력 광신도들이 전복을 먹는 방법 중에 아주 요상한 게 하나 있다. 바로 살아있는 전복을 소주 속에 넣어 한참을 두었다 마시는 전복주. 소주 속에 들어간 전복은 소주를 삼켰다 뱉었다를 반복하면서 엄청난 양의 점액질을 뿜어낸다. 이 전복주를 따라 마시고 나중에 그 전복을 숯불에 구워 먹는 것인데, 평소 주량의 두 배 이상을 마셔도 취하지 않는다고 한다.

위생상 적극 권할만한 방법은 아니지만, 비장한 눈빛으로 그리하는 아저씨들을 보며 그들 가정에 평화와 행복이 가득하길 기원했었다. 제발 미래의 내 짝꿍은 저러지 말아야 할 텐데 아니, 좀 더 정확히 말하면 그럴 필요가 없어야 할 텐데 하며 말이다.

전 세계적으로 100여 종의 전복이 있지만 우리나라에서 흔히 볼 수 있는 것은 총 4종. 참전복, 말전복, 까막전복, 오분자기이다. 남해안 일대에서 양식되는 대부분이 참전복. 5,6년 정도 키워서 출하가 되는데, 양식량이 많아지면서 가격이 점점 떨어지고 있다.

전복의 경우, 양식이나 자연산이나 순수한 해초만을 먹고 자라기 때문에 맛이나 효능 면에서 별 차이가 없다고들 말한다. 다만, 제주 지역에서 자연산으로 채취되는 전복은 크기가 큰 말전복 종류이기 때문에 품종에서 오는 차이는 있다. 말전복은 최대 15년까지 자란다. 간혹 6,700그램까지 나가는 걸 건지기도 하는데, 그럴려면 돼지꿈을

꿔야 한다고 해녀 분들은 말씀하신다.

운 좋게 500그램 정도 나가는 초대형 전복을 맛볼 기회가 있었다. 친분이 있는 분이 초대형 전복 한 마리를 구했다며 회로 내다주셨는데, 접시만한 전복 껍질 위에 수북이 쌓여 있는 전복회를 보는 순간 먹고 싶다는 생각보다 살짝 무서웠다.

왠지 용왕님이 간식으로 드셔야 할 것을 내가 먹는 게 아닌가 싶기도 하고, 먹어도 먹어도 줄지 않는 전복을 나중에는 샤브샤브로 만들어 먹었던 기억이 난다.

노화도 전복 양식장에 촬영을 갔을 때, 전복을 수확하던 한 어머님이 처녀가 먹으면 시집가고 총각이 먹으면 장가가게 해주는 전복이라며 살아있는 걸 초장에 꾹 찍어 자꾸만 입에 넣어주셨던 기억이 난다.

귀한 전복이 이뤄주는 처녀 총각의 절대적인 꿈이 시집 장가라면, 전복을 많이 먹어 그 꿈을 이룰 수 있다면, 밤이 외로운 처녀 총각들 전복 양식이라도 할 텐데….

흥작 살려라!
육개장 대작전

<대결! 맛대맛>, <결정! 맛대맛>을 통털어 6여 년을 제작하는 동안 가장 기억에 남는 메뉴가 뭐냐는 질문을 자주 듣는다. 어느 하나 침을 튀겨가며 늘어놓을 사연이 없는 것이 없지만 뭐니 뭐니 해도 제일 기억에 남는 메뉴는 육개장이다.

장례식 음식으로 전락해버린 우리 음식의 명예회복과 심하게 빠져있던 나의 슬럼프를 아주 깔끔하게 탈출하게 한 일석이조의 촬영이었기 때문이다.

어릴 적에 김장하는 날은 곧 육개장을 먹는 날이었다. 백 포기 가까운 김장을 하기 전에 어머니는 꼭 한솥 가득 육개장을 끓여두셨고,

김장이 끝날 때까지 삼시세끼를 모두 육개장으로 차려 주셨다. 그러다가 김치 속 버무리기가 끝나면 돼지 목살을 삶아 배추속대와 함께 곁들여 주셨고, 그때쯤이면 육개장은 하도 끓여 양지며 근대며 고사리가 흐무러질 대로 흐무러져 그 맛이 더 깊어져 있었다. 그렇게 흐무러져 보기엔 엉망이 되었어도 오히려 점점 더 완벽한 맛을 내는 아주 놀라운 음식이 육개장이었다.

하지만 그 놈의 김치냉장고가 등장하면서 대규모 김장은 사라졌고, 김장과 함께 큰 솥에 끓인 육개장도 사라졌다. 그때부터 큰 솥에 끓인 육개장을 먹는 날은 누군가 상을 당한 날이 되어버렸다. 한 끼 용으로 작은 솥에 끓인 육개장과 큰 솥에 두고두고 끓여낸 육개장은 냄비 밥과 가마솥 밥맛의 차이처럼 격이 다르다.

외국에 나가면 가장 많이 먹게 되는 한국음식 중의 하나가 육개장인데, 정작 국내에는 육개장을 전문으로 하는 식당이 거의 없다. 그렇지 않은가? 수십 가지 한식메뉴를 한방에 해치우는 식당에 가면, 설렁탕 국물에 고춧가루 뿌려 넣고 미리 데쳐 냉동시켜 놓은 나물들과 고기를 넣고 끓여 육개장이라고 내놓는다.

이건 육개장에 대한 모독이다. 육개장은 본디 여름철 보양식의 대표 주자였다. 삼계탕과는 게임이 안 되는 여름 보양식의 절대지존이었다. '이열치열' 이라는 것도 뜨거운 온도만 가지고 되는 것이 아니니 제대로 열로써 열을 다스리기 위해 뜨겁고 매운 육개장을 먹었던 것이다.

또한, 사상의학에 따르면 우리 민족의 50%가 태음인인데, 태음인은 속이 차고 물이 많은 체질이다. 그래서 성질이 따뜻한 소고기로 얼큰하게 끓여 몸 안의 땀을 쭉 빠지게 하는 육개장이야말로 가장 많은 체질의 사람에게 맞는 민족 보양식이었던 것이다. (보신탕이나 삼계탕은 소음인에게 적당한 보양식이다.)

이를 모르고 삼계탕 뚝배기에 밀려난 육개장은 구내식당 국그릇이나 장례식장 단골메뉴로 전락하였으니….

하물며 그 이름조차 헷갈리는 이가 수두룩하다. 원래 육개장은 '소고기로 만든 개장'이라 하여 육개장이다. 개를 잡아 끓인 개장이 먼저 있던 음식이고, 이를 소고기로 대체하여 끓이기 시작한 것이 육개장.

그러니까 소고기가 아닌 닭으로 끓이면 닭개장이 되는 것이다. 종종 닭개장으로 표기한 식당들이 있는데, 자고로 명품에는 짝퉁이 따르기 마련이니 이 또한 육개장의 위상을 말해주는 것일까?

이런 육개장을 몇 년 동안 맛대맛 메뉴로 선정하지 못한 이유가 있었다. 제대로 하는 집이 없었으니까. 육개장 맛의 진수를 소개하려면 전해 내려오는 전통 방식대로 적어도 집에서 김장하는 날 끓여 먹던 것 이상의 맛은 내야 하는데, 아무리 찾아도 그렇게 전문적으로 하는 집이 없었다.

그러던 2004년 여름 어느 날, 육개장 날벼락이 떨어졌다. 아테네 올림픽 개막을 앞두고 모든 프로그램이 올림픽 특집 아이템으로 구성될 때였다. 맛대맛도 그리스 음식 특집을 하게 되었고, 그걸 내가 맡아 진행하고 있었다.

그런데 다음 주 초부터의 촬영을 앞두고 최종 대본회의를 하는 토요일, 갑자기 프로그램의 메인 PD가 아이템을 바꾸자는 게 아닌가! 모든 프로그램이 그리스 얘기만 할 텐데 낯선 음식으로 70분을 구성하는 게 아무래도 내키지 않는다는 것이다.

이럴 수가! 그건 깨진 장독에 물을 채워 놓으라는 팥쥐 엄마의 요구만큼 억지스러운 것이었다. 아이템 결정은 촬영보다 최소 2주 전에 이루어진다. 그 2주 동안 해당 음식에 관한 방대한 자료와 실제 답사를 거친 후에 촬영 대본이 쓰여지는데, 그 모든 과정을 3일 안에 해치우고 촬영을 하라는 것이다. 그것도 하는 식당이 없어 번번이 포기했던 육개장을 말이다.

그즈음 살짝 슬럼프에 빠져 일할 의욕을 잃고 헤매던 나는 욱하는 마음에 감정을 실어 따지고 들었다. 원 없이 따지고 일을 그만둘 생각이었다. 조목조목, 꼬치꼬치, 울그락 불그락. 조용히 듣고 있던 PD의 한마디.

"그러니까 홍작가가 해야지."

그 한마디는 기껏 몇 분을 떠들어댄 나의 백 마디보다 세고 강했다. 그 조용한 한마디에 질 수 없다는 오기가 발동했다. 육개장! 기필코 찾아내리라!

육개장은 각 지방마다 이름은 하나인데 만드는 방법이 다르다. 조금 다른 정도가 아니라 전혀 다른 음식이다. 그걸 먼저 파악하기로 했다.

새벽 3시에 서울을 출발해 대구로 갔다. 육당 최남선은 조선상식문답에서 대구를 대표하는 음식으로 육개장을 꼽았을 정도이다. 대구의 육개장은 사골국물을 쓰는 것이 특징으로 무, 대파, 고기를 넣고 뭉개질 때까지 푹 고아서 먹기 직전에 생마늘을 넣는 것이 독특하다. 서울식으로 하면 소고기 국밥에 가까운 맛을 내는 것이 대구의 육개장.

　바로 차를 울진으로 돌려 찾아간 곳은 한 가정집이었다. 울진에선 너무나 흔해 식당에선 아예 취급도 안 하는 육개장이 있다. 바로 싱싱한 고등어 살을 넣고 끓인 고등어 육개장.

　고등어나 꽁치를 삶아 살만 발라내고 대파, 고사리, 배추 우거지와 고추로 맛을 내 끓인다. 제피가루도 조금 들어가 그 맛이 추어탕에 가까운데 기름기 많은 생선으로 만들어 훨씬 진하고 풍부한 맛을 낸다. 육(肉)은 안 들어가지만, 울진에선 그게 육개장이라고 하니 어쩌겠나. 이름 가지고 트집 잡기에는 그 맛이 너무나 환상적인 것을.

　울진에서 차를 돌려 다시 서울로 와서 찾아간 곳은 강남역. 유학생 커뮤니티에서 정보를 얻어 찾아낸 집인데, 고기와 사골을 푹 고아낸 후 오직 대파만 넣고 끓여낸 대파 육개장이다. 대파를 살짝 데쳐 찬물에 헹군 걸 푸짐하게 넣고 육개장을 끓이는데, 아린 맛이 사라지고 은은한 단맛만 남은 대파와 얼큰한 국물이 곰삭은 깍두기와 어울려 일품이다.

　대파 육개장을 맛보고 비행기 타고 날아간 제주도. 제주도에는 고사리 육개장이 있다. 돼지의 등뼈와 무릎뼈를 곤 육수에 삶은 고사리 듬뿍 넣고 끓인 제주도식 육개장은, 고기인지 고사리인지 구별이 안 갈 정도로 푹 끓이고 마지막에 메밀가루를 넣어 걸쭉하게 만든 것이다.

　놀랍지 않은가? 육개장이라는 이름 하나로 이렇게 다양한 맛을 즐

기고 있다니! 하나하나 알아갈수록 점점 더 욕심이 나는 아이템이었지만, 가장 중요한 문제는 맛의 진수로 소개할 집이 없다는 것.

차라리 작가를 그만두고 내가 육개장 전문점을 하나 차릴까 하는 생각까지 들 즈음 고마운 정보원으로부터 전화가 왔다.

육개장 전문점은 아니지만 분당의 한정식집에서 복날 특선메뉴로 육개장을 하는데 먹어본 적이 있다는 것이었다. 냉큼 달려갔다. 다짜고짜 사장님 내외를 만나 자초지종을 설명하고 육개장 맛을 좀 보게 해달라고 부탁을 했다.

두 분은 정색을 하시며 복날에만 잠깐 하는 걸 지금 당장 어떻게 준비하냐고 하셨다. 설사 맛을 보고 채택이 된다고 해도 육개장 전문점으로 소개되긴 원치 않는다는 것이었다. 간곡하고도 단호한 말씀이었지만 더이상 물러날 곳이 없었다.

이때 필요한 건 뭐? 허풍과 진정성. 물러나지 않고 기획의도에 대한 설명과 육개장에 대한 찬양과 촬영에 대한 설득을 계속한 결과, 지금 당장은 만들 수 없으니 내일 다시 오라는 대답을 들을 수 있었다.

다음 날, 양지, 사태, 양을 끓여 육수를 내고 소금물에 삶은 토란대와 살짝 데친 숙주, 고사리, 따로 건져 찢어 놓은 고기를 푸짐하게 담아낸 진짜배기 육개장을 맛볼 수 있었다. 재료 하나하나에 들어간 정성이 겉돌지 않고 완벽하게 조화를 이룬 한 그릇. 그 후끈하고 얼큰한 기운이 전신의 땀을 쫙 뽑아내면서도 속은 전혀 맵지가 않은 요령이 있는 맛. 놀라웠다. 이게 바로 우리의 육개장이구나!

가장 힘들게 촬영한 육개장 편은 맛대맛 최고의 대박 아이템 중에 하나로 기록되었다. 대형 급식용 음식으로 전락한 우리 음식을 재해석했다는 평가도 받았고, 제대로 된 육개장 맛을 보기 위해 전국에서 찾아드는 손님들 덕분에 그 한정식집은 일 년 내내 가마솥에 육개장을 끓이게 되었다.

그리고 그 방송이 나가고 꽤 높은 시청률까지 확인했을 때, 처음으로 깊은 슬럼프에 빠져 맛대맛을 떠나려 했던 홍작은 다시 열성적인 맛 사냥꾼이 되어 전국의 맛 골목을 헤매고 있었다.

소품을 먹으면
1년간 재수 없다?

　　방학 때 할머니댁에 놀러가면 집에서는 먹을 수 없는 별난 간식들을 많이 만들어 주셨다.

　　수수가루를 반죽해 부꾸미를 만들어 주기도 하셨고, 콩깍지가 달린 콩대를 짚불 속에 넣고 구워 손바닥으로 비비면 온 얼굴이 새까매지는 콩 구이를 먹을 수도 있었다. 잔디처럼 생긴 보리싹을 뜯어다가 개떡을 만들어 주기도 하셨고, 꽁꽁 얼어버린 고구마도 할머니가 깎아서 주시면 어떤 과일보다 맛있는 간식이 되었다.

　　수많은 할머니표 간식 중에 아주 기억에 남는 것이 하나 있다. 이제 와서 생각해 보니 '할머니표 화이타' 정도 될까? 아무것도 넣지 않고 얄팍하게 부쳐낸 밀전병과 김치며 고기며 이것저것 볶아낸 것을 따로 담아 주시며 돌돌 말아 싸서 먹도록 만들어 주신 것이다. 처음엔 부침개도 아닌 것이 뭐 이런 게 다 있나 싶어 깨작거리다가, 돌돌 싸 먹는 재미에 슬슬 먹게 되었다. 그리고 나중에는 맨 밀전병만 뜯어먹어도 입에 착착 붙는 것이 자꾸만 생각나는 묘한 맛이었다.

방학이 끝나고 집에 돌아와서도 그 맛을 한참 잊지 못하고 있는데 마침 할머니께서 우리 집에 다녀가시게 되었다. 할머니를 보자마자 그 이상하게 싸먹는 부침개를 만들어 달라고 조르니, 그게 그렇게 맛있었냐며 웃으시곤 동네 구멍가게에 가서 뭔가를 사다가 바로 그 밀전병 쌈을 만들어 주셨다.

동생과 함께 정신없이 그 밀전병을 뜯어먹고 있는데 시장에 갔던 엄마가 돌아오셨고, 할머니께 한 수 배워야겠다며 맛을 보시곤 기겁을 한 표정이 되었다. 도대체 뭘 넣으신 거냐고 묻는 엄마에게 할머니는 아무렇지 않게 미원을 꺼내 보여주셨다. 아이들에게 먹이면 안 되는 거라 말하는 엄마를 보며, 뭘 그리 유난을 떠냐며 애들이 맛있게 잘 먹으면 그만인 거라고 오히려 야단치셨던 게 생각난다.

할머니의 손녀이기 전에 엄마의 딸이기 때문일까? 나는 지금 음식을 만들 때 조미료를 전혀 쓰지 않는다. 조미료가 들어간 음식을 먹으면 뒤끝이 니글거려 한참을 고생한다.

그럼에도 불구하고 할머니가 만들어 주셨던 그 조미료 범벅 밀전

병은 아직도 아주 맛난 음식으로 기억된다.

음식 프로그램을 하면서 가장 혼란스러운 딜레마가 바로 조미료였다. 가급적 인공 감미료를 사용하지 않는 집을 소개하려고 애를 써도 그런 집 찾기가 만만치가 않았다. 너무 맛있다고 소문난 집에 찾아가면 아주 당연하게 조미료를 넣기가 일쑤였고, 조미료를 쓰지 않는다고는 하지만 맛을 보면 뭔가 수상한 집도 한둘이 아니었다. 슬쩍 비위를 맞춰가며 이야기를 나누다가 한참 뒤에 다시 물어보면 역시나 조미료를 안 넣을 수 없는 형편을 푸념하며 이실직고한다.

그분들의 말에 의하면 처음엔 고집스럽게 조미료를 넣지 않았지만 자꾸만 맛이 없다며, 뭔가 빠진 것 같다며 숟가락을 놓는 손님들 때문에 어쩔 수 없이 조미료를 넣게 되었다는 것이다.

한 대박집의 경우, 조미료 사용에도 나름 노하우가 있었다. 주문한 손님을 봐서 처음 오는 것 같은 손님 음식엔 조미료를 조금 넣고, 오랜 단골의 음식에는 조미료를 넣지 않는다. 즉, 처음엔 조미료의 간사한 맛을 빌어 입맛에 맞추었다가 음식에 정이 들었을 즈음 진짜 맛을 내놓는다는 것이다.

물론, 모든 대박집에서 조미료를 사용하는 것은 절대 아니다. 대신 조미료를 쓰지 않는 집들은 안 써도 될 만한 나름대로의 비법을 가지고 있다. 조미료의 주성분은 글루타민산 나트륨이다. 이 녀석이 바로 단맛, 쓴맛, 신맛, 짠맛에 이어 제 5의 맛이라고 주목되었던 감칠맛의 주인공이다. 감칠맛이란 음식을 먹고 난 뒤에 은은하게 남는 입안의 여운으로 이 복합적인 감성을 가진 감칠맛을 내는 성분만 인공적으로 합성하여 만든 것이 인공 조미료이다.

천연 재료 중에서 이러한 성분을 많이 가지고 있는 것이 있다. 버섯이나 조개, 새우, 다시마 등 국물을 내는 재료들이 그러한 것이다. 조미료를 쓰지 않는 대박집들은 이런 재료들을 말린 뒤 곱게 빻아 인공 조미료 대신 사용하거나, 천연 재료들로 진하게 우려낸 육수를 음식에 사용한다. 그러면 인공 조미료를 쓰지 않아도 입에 착착 붙어 깊은 여운을 남기는 맛으로 기복 많은 손님들의 입맛을 두루두루 만족시킬 수 있는 것이다.

이런 원칙에 충실한 맛집들만 소개할 수 있었다면 하늘에 감사하고 땅에 감복할 일이겠지만 현실적으로 그럴 수만은 없었다. 조미료 쓰는 걸 알면서도 섭외를 하고 나면 애인 몰래 딴 남자랑 데이트 하고 난 것처럼 떨떠름하고 뒤가 구렸었다.

과학적으로는 인체에 무해한 것으로 확인되었다고 주장을 하지만 나는 영 조미료가 찜찜하고 구리다. 적어도 내 손으로 내 음식에 그걸 넣고 싶지는 않다.

맛대맛이 아닌 다른 특집 프로그램을 준비하면서 유명 요리연구가와 작업을 하게 되었다. 화려한 프로필과 요리솜씨로 대중적인 인기를 끌고 있는 누구나 알 만한 사람이다. 요리에 필요한 모든 재료와 설비는 제작진이 준비를 하고, 촬영 당일 함께 체크를 하는 것으로 녹화가 진행되었다.

이것저것 준비물을 체크하던 그녀의 어시스트는 소금을 자기가 준비해 온 것으로 바꾸겠다고 했다. 소금 하나로도 음식 맛이 달라진다는 걸 잘 알고 있기 때문에 당연히 바꿔 녹화를 진행했다. 헌데 그 날의 요리는 해산물을 주재료로 한 터라 소금을 거의 쓸 필요가 없었다. 아주 조금만 요리 마지막에 살짝 뿌려 마무리 하는 정도였다.

순조롭게 녹화가 끝나고 출연자들은 철수를 하고, 스텝들은 몇 가지 보충촬영을 위해 남아 있다가 슬슬 출출하기도 해 소품으로 준비했던 메추리알을 삶아 먹기로 했다. 소품을 먹으면 1년간 재수가 없다는 방송가 징크스가 있지만, 그렇게 따지면 맛대맛 스텝들은 156

만 년간 재수가 없어야 한다.

아무튼 메추리알이 다 삶아지고 보충촬영도 거의 끝나고 모두 둘러앉아 메추리알을 집어들었다. 모두 함께 소금 찍은 메추리알을 입에 넣은 순간 으악! 이게 뭐란 말이냐!! 우리가 준비했던 꽃소금과 바꿔치기 한 것은 소금이 아니라 조미료였다.

한눈에 보기에도 소금 같진 않았지만 대단한 요리연구가가 쓰는 특별한 소금이라 생각했는데, 그 대단한 요리연구가가 쓴 소금은 소금이 아니라 조미료였던 것이다.

오호 통재라! 나의 조국 대한민국의 밥상에선 이미 조미료가 소금보다 중요한 것이 되어버렸단 말이냐.

대다수의 대중이 즐기는 맛을 어떤 이유로건 터부시하는 건 오만일지도 모른다. 하지만 그 인상적인 여운을 남기는 조미료 덕분에 단호박의 은은하고도 풋풋한 단맛, 가지의 폭신하고 달큰한 뒷맛, 표고버섯의 깊숙한 감칠맛, 다시마의 짭짜름하다가 여리여리해지는 묘미를 감별할 기회조차 박탈당하는 이들이 너무나 많은 게 안타까울 뿐이다.

유럽의 국가들에선 어린 아이들에게 음식의 맛을 표현하도록 하는 수업을 한다고 한다. 우리 아이들에게 그런 수업을 시킨다면, 아이들이 표현할 수 있는 맛은 몇 가지나 될까? 이것은 미원맛, 저것은 다시다맛, 또 요것은 감치미맛. 그걸 감별하는 법을 가르쳐야 할까?

맛대맛 작가가
행복하다고?

"무슨 일 하세요?"

"방송작가에요"

"연예인들 많이 보겠네~ 그럼 무슨 프로그램 하세요?"

'SBS에서 <결정! 맛대맛> 하고 있어요."

"어머~ 좋은 직업 가지셨네요. 부럽다~"

대부분의 사람들은 방송작가라는 것보다 음식프로를 한다는 말을 듣고 부럽다고 말한다. 아무래도 '방송' 보다는 '음식' 이 좀 더 자극적으로 원초적 부러움을 살살 긁는 것 같다. 매주 먹고 싶은 음식을 정하고, 그 음식을 가장 맛있게 하는 집들을 찾아다니는 것이 직업이

라니 부러울 만도 하다.

하지만 한 가지 아이템을 소화하기 위해 똑같은 음식을 수없이 먹고 다니는 것이 마냥 행복하지만은 않다. 자장면을 방송 아이템으로 택한 경우, 2주 정도를 거의 매일 자장면을 먹고 지내기 마련이니 나중에는 짜파게티 광고만 봐도 속이 불편하다. 먹고 싶은 것이 있어도 먹지 못하고, 먹어야 하는 것을 먹어야만 하는 팔자이다. 아비를 아비라 부르지 못한 홍길동의 팔자와 무엇이 다를까.

더구나 그렇게 먹어대고 나면 몸매 관리는커녕 온갖 속병을 피할 길이 없다. 먹어서 행복한 것보다는 먹는 게 고역인 날이 더 많다. 이쯤 되면 식복만큼은 오히려 없다고 말해야 하는 게 아닐까?

생각해 보면, 식복을 정말 타고난 사람들은 맛대맛에 출연하는 연예인들이다. 특히 매주 출연하여 엄선된 음식점의 솜씨를 맛보는 MC(류시원, 강수정)나 고정패널(조형기, 안선영, 박경호)은 도대체 무슨 복을 타고난 것일까?

작가들끼리 이런 농담을 한 적이 있다. 전생에 우리는 입맛 까탈스러운 왕, 왕비였을 것이고, 그들은 수라상궁이었을 것이라고. 그때 음식타박하며 괴롭힌 벌로 지금 이렇게 전세가 역전된 게 아닐까?

세련된 이미지와 달리 무척 소박하고 토속적인 입맛을 가진 류시원, 참 복스럽게 잘도 먹는 강수정, 의외로 해장국보다는 파스타에 열광하는 조형기(매제가 이탈리아 사람인 탓일까?). 이들도 인정한

최고 식복의 주인공은 바로 안선영이다. 승리 메뉴를 선택하는 승률
은 기본이고, 도저히 말로는 설명할 수 없는 초자연적인 현상까지 그
녀의 놀라운 식복을 확인하게 하였으니 바로 뺑뺑이! (메뉴 시식자를
결정하는 돌림판 뽑기)

두 가지 메뉴의 본격 대결을 펼치기 전, 다양한 음식에 대한 정보
를 전달하는 1라운드를 진행한다. 거기에 나온 음식을 맛보기 위해
도입한 장치가 바로 돌림판이다.

9명의 출연자와 두 명의 MC까지 총 11명의 출연자 이름이 적힌
판을 돌려 다트 화살을 던진다. 음식을 앞에 두고 벌이는 게임 이어
서일까? 상상 이상으로 출연자들은 긴장하고 집중한다. 그런데 이 돌

림판 게임에서 유난히 적중률이 높은 것이 안선영이다. 정말 신기하다. 두 명을 뽑든, 세 명을 뽑든 간에 한 주 걸러 한 주는 안선영의 이름이 나오고, 3,4주를 연속으로 나온 적도 있다.

처음엔 부러워하다가, 신기해하다가, 나중엔 무서워하기도 했었다. 스튜디오에 그녀의 조상이 와 있는 건 아닐까?

참을 수 없는 호기심에 우리는 식복의 정체를 파헤치기로 하였다. 입소문을 듣고 연락이 닿은 동두천의 백호산 신녀에게 안선영의 사진과 사주를 들고 가서 과연 어떤 복을 타고 난 것인지 알아봤다.

그녀의 식복은 우연일까? 운명일까? 놀랍게도 안선영은 하늘이 내린 식복을 타고 태어났다고 한다. 일단 관상을 보면 도톰한 입술과 입꼬리가 올라간 모양새며 복스러운 볼을 따라 떨어지는 선이 가만히 앉아 있어도 먹을 것이 들어오는 최고의 관상이라는 것이다. 또한, 올해는 사주도 좋아서 도모하는 일마다 하늘이 도우니 식복 또한 상승하는 것이 당연하다는 것이다.

내친 김에 다른 출연자들의 식복도 알아보았다.

맛대맛의 진행을 맡아온 류시원의 경우, 워낙 복이 많은 귀인의 관상이라 먹을 복은 기본, 연예인을 안 했어도 세상의 부러움을 받으며 부족함이 없이 살 팔자라고 한다. 또한 타고난 식복보다는 식탐이 많아서 굶지 않을 팔자가 조형기. 평소 프로그램을 만들면서 옆에서 보아온 그들의 모습과 너무나 닮은 대답에 마냥 신기해 할 수밖에 없었다.

　예로부터 우리 조상들은 보시 중에 으뜸이 음식을 나누는 것이라고 했다. 굶주린 사람을 배부르게 하고, 귀한 음식을 나누는 것이 가장 큰 덕이라는 것이다.

　그렇다면 보는 사람도 배가 부르게 먹는 우리 출연자들이나, 발품을 팔아 전국 팔도의 별미들을 찾아내는 맛대맛 스텝들은 차곡차곡 큰 덕을 쌓고 있는 게 아닐까? 부디 다음 생엔 맛난 음식 편히 앉아서 받아먹는 팔자로 태어나길 소망하며….

영덕 대게는
노는 물이 다르다

겨울이면 무섭게 김을 내뿜으며 손님을 부르는 '영덕대게' 트럭이 집 앞 골목에 서 있곤 했다. 파란 트럭과 빨간 대게의 원시적인 보색 대비와 더불어 깊이 들이마시기엔 살짝 역하기까지 한 비린내는 그리 좋은 기억이 아니었다.

저걸 왜 먹을까 싶어 큰맘 먹고 사면, 낑낑 발라내느라 애쓴 보람도 없이 앙상하게 뽑혀져 나오는 게살. 허무하게 먹고 나면 수북한 껍데기가 골치다. 또, 쓰레기봉투에 넣으면 삐죽삐죽 뚫고 나와 찢어 버리는 바람에 우르르 오물이 쏟아지기 일쑤이다.

게다가 아쉬운 게살 맛은 잊혀진 지 오래인데 닦아도 닦아도 사라

지지 않는 끈질긴 비린내. 꽃게의 비린 향과는 또 다른 그 뒤끝에 질
리고 나면 멀찌감치 보이는 '영덕대게' 트럭에 미간이 우그러지기
마련이다.

　하지만 수북히 쌓여있던 시뻘건 그것들은 대게가 아닌 홍게임을
곧 알았고, 진짜 영덕대게와 홍게의 차이는 찹쌀 인절미와 개떡의 차

이 만큼이라는 걸 확인하게 된 건 강구항에서였다.

우리나라 동해 바다 속에는 세 개의 큰 섬이 있다. 왕돌잠, 무화잠, 신바위. 신바위는 축산항 죽도 앞 4마일 지점 울릉도의 1/3 크기이고, 왕돌잠은 후포앞 3마일 지점, 무화잠은 칠포 앞 5마일 지점의 울릉도 만한 섬이다. 남쪽의 물이 북쪽으로 올라오면서 이 세 섬이 있는 곳에서 세 번 회전을 하게 되는데, 그 과정에서 자연 정수가 되면서 심해의 청정해역을 형성한다. 개흙이 전혀 없고 고운 모래만 있는 이 맑은 바다 속에서 자란 것이 바로 영덕대게이다.

노는 물이 달라서일까? 영덕대게는 일단 생김부터가 경박한 홍게와는 확연한 차이가 있다. 얇은 각질과 촘촘히 붙은 난낭. 특히 우아하게 뻗은 다리는 대쪽 같은 선비의 기품까지 느껴진다. 이에 비하면 킹크랩은 무슨 마피아 조직원들 같다.

이 귀한 영덕대게, 그 최고의 맛을 지금부터 소개한다. 50년 전만 해도 영덕대게가 집 앞마당에 발에 채일 만큼 돌아다니던 곳이 강구항이고, 지금도 우리나라 최고의 대게 집합지로 알려져 있다.

제대로 된 영덕대게의 맛을 소개하는 데 가장 중요한 것은 짝퉁이 아닌 진짜배기 영덕대게를 찾는 것이다. 워낙 둔갑술에 뛰어난 대게인지라 정작 영덕에서도 속기 일쑤라는 말을 듣고 군청의 도움을 받아 대게잡이 배의 선장이 직접 운영하는 식당을 소개받았다.

데면데면한 시간이 지나고 어느 정도 친해질 즈음, 선장님은 '영덕에서 제일 빠른 볼보 엔진을 단 '쌍용호' 자랑에 여념이 없으셨다. 원래 부정을 탄다고 하여 배에는 여자를 태우지 않는다는 불문율이 있지만, 기꺼이 쌍용호의 위력을 확인시켜 주겠다며 다음날 출항에 동승하기로 약속했다.

다음날 일찌감치 일어나 출항신고서를 작성하고 거친 바다에서 버틸 수 있도록 배멀미약까지 한 병 원샷을 했는데, 어제와 달리 포악해진 파도 앞에서 주춤했다. 슬슬 겁이 나기 시작했다. 아니나 다를까, 배를 타고 나간 지 15분도 채 되지가 않아 더욱 악화된 기상상태 때문에 배를 돌려 돌아와야 했다. 휴~ 쉬지 않는 바이킹을 탄 것 같았던 나는 은근히 감사하며 배에서 내렸다.

하지만 이게 웬걸. 땅에 내리는 순간부터 더 큰 울렁증이 시작됐다. 나중에 알고 보니, 멀미약을 먹고 나서 배를 안 타고 뭍에 있으면 오히려 뭍 멀미를 한다는 것이었다! 생전 듣도 보도 못한 뭍 멀미에 해롱해롱 정신을 못 차리는 나에게 선장님의 한 말씀, 내일은 꼭 나갈 수 있을 거란다.

하루를 꼬박 고생한 다음 날 아침, 어제의 멀미약 후유증에 된통 혼이 난 나는 멀미약을 먹지 않고 배에 올랐다. 그것 또한 엄청난 재앙의 시작이었다.

대게잡이는 그물을 내려놓고 열흘간 기다렸다가 걷어 올리는 고정자망식이다. 그물을 걷어 올릴 곳은 한 시간 정도 떨어진 곳이었는

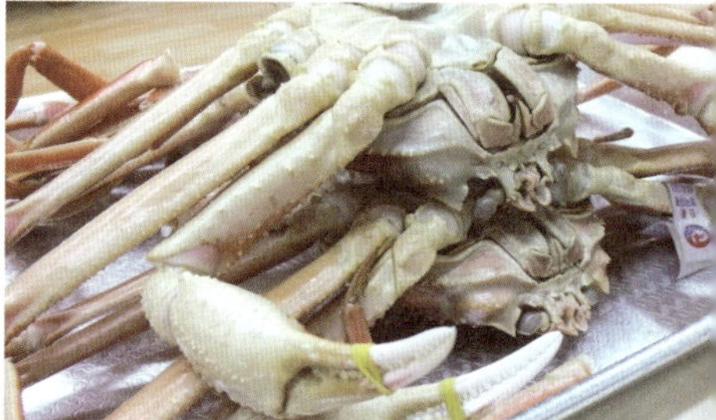

데, 고집을 부려 멀미약을 먹지 않았던 나는 배아래 선실에서 떼굴떼굴 구르며 온갖 생쑈를 부리고 있었다.

이윽고 배가 자리를 잡고 그물 올리는 작업이 시작됐다. 간신히 기어나와 올라오는 그물들을 관찰하는데 선장님의 표정이 별로 좋지가 않다. 지난 악천후 때문인지 그물은 군데군데 터져 있고, 혹 걸려든 대게는 대부분이 빵게이다.

빵게는 대게의 암놈을 부르는 말로 어획이 금지되어 잡히는 즉시 놓아주어야 한다. 수놈 중에서도 크기가 8센티미터 이상, 7,8년 이상 자란 것이어야 진짜배기 영덕대게로 쳐주는 것이다.

영 시원찮은 수확에 괜히 나까지 속이 상한데, 선장님은 갑자기 바쁜 손을 놓고 선실로 들어가 버리셨다. 선실의 기름 냄새 때문에 속이 더 불편했던 나는 갑판 위에 아무렇게나 퍼질러 앉아 끝도 없는 바다를 쳐다보고 있었다.

이때 "홍작, 이런 거 먹어 봤을라나? 이게 배 멀미에 특효약이에요. 이리 와 봐요."

선장님의 목소리에 고개를 돌려 보니 웬 냄비를 하나 들고 나오신다. 뚜껑을 열어 보니 생전 듣도 보도 상상도 못했던 대게라면. 잡아 올리면서 떨어져 나간 대게 다리를 모아 라면을 끓이신 것이다! 대게에서 간이 나와 스프는 아주 조금만 넣고 맑은 느낌이 날 정도로 끓인 라면.

은은하게 올라오는 달큰한 대게 향과 호흡하는 공기만큼 익숙한 라면 냄새의 어울림. 비릿한 바닷바람에 시달릴 대로 시달렸던 내 속을 한순간에 잠재운 묘약 같은 국물 맛! 꼬들꼬들하게 덜 퍼진 면발에도 그 감동적인 대게의 향이 온전히 배어들어 후루룩 빨아들일 때마다 영덕대게만의 포스가 느껴졌다.

하루 종일 거친 뱃일에 시달리면서, 이야기 나눌 친구 하나 없이 망망대해와 싸우면서, 그나마 대게잡이가 시원찮은 날은 배 기름값도 못 뽑는다며 껄껄 웃는 선장님. 하지만 아내가 싸준 김치 하나와 대게라면 한 냄비를 앞에 두고 웃는 그는, 몇 십 만원이 넘는 최상급 박달대게를 공수해다 잡숫는 모 재벌 회장님보다 부자였다.

그렇게 대게라면 호사를 누린 후, 편안해진 속과 흐뭇한 마음으로 바다를 보니 저 멀리 수백 마리의 돌고래들이 점프 쇼를 한다. 생전 처음 보는 장관에 입이 떡 벌어진 우리에게 '볼보엔진 쌍용호' 의 위력을 보여주겠다고 뱃머리를 돌려 돌고래 떼를 따라가는 선장님. 돌고래 떼가 만든 물보라에 뜬 무지개를 보며 생각했다.

'아! 맛대맛 작가하길 참 잘했다.'

영덕대게 철이 될 때마다 내로라하는 대게 전문점들을 많이 찾아다녔다. 그 중에는 수십만 원짜리 대게 코스부터 지장수에 찐 대게찜, 유자 드레싱이 올라간 게살 샐러드, 화로에 구워먹는 대게 화로구이 등 좋은 재료와 특별한 조리법으로 완성된 요리들이 많았지만,

역시 나에게 최고의 대게요리는 '볼보엔진 쌍용호' 위에서 먹은 대게라면이다. 돈냄새, 양념냄새가 안 밴 영덕대게의 고집스런 향으로 끓여낸 한 냄비의 라면. 나에게 최고의 영덕대게는 바로 그 라면국물이다.

하루 2천 개의 달걀을 작살내는
부산 할매 떡볶이

나는 어릴 때부터 음식을 좋아했다. 먹는 것, 만드는 것은 물론 새로운 음식에 대한 호기심도 많아서 듣도 보도 못한 게 있으면 일단 먹고 봤다.

초등학교 때부터 아버지를 따라다니며 돼지꼬리 수육이나 참새구이, 개불 따위를 맛봤고, 사냥을 하시던 이모부가 청솔모, 꿩 따위를 잡아오시면 기어이 비집고 앉아 다리 하나를 잡고 뜯었다.

방송을 하면서도 음식과 관련된 아이템은 끊을 수 없었다. <좋은

세상 만들기>라는 프로그램을 하는 동안 전국 팔도 구석구석을 다니며 식당에선 맛볼 수 없는 온갖 별미들과 깡촌 음식을 접할 수 있었다. 또, 탤런트 소유진, 김경식과 함께 해외의 특이한 음식을 소개하는 프로그램을 하면서는 오키나와의 물뱀탕, 돼지귀회, 태국의 박쥐튀김, 악어스테이크 등을 먹었다.

사실 이름만 들으면 꺅 소리가 나는 것들이지만, 눈을 감고 혀로만 느끼는 맛은 뭐 그리 특이할 것도 없다는 게 내 결론이었다. 그러니까 나는 적어도 '못 먹는' 음식은 없는 것 같다. 아직 한 번도 안 먹어 본 멍멍탕도 아주 개인적인 추억과 연관된 문제이지 음식 자체에 대한 거부감은 전혀 없다.

세상에 못 먹는 게 없는 내가 유일하게 안 좋아하는 음식이 있다. 바로 떡볶이. 이상하게 난 어릴 때부터 떡볶이가 싫었다. 또래들은 용돈만 생기면 떡볶이 집으로 달려가는데 나는 과일가게로 갔다. 하굣길에 가장 곤란했던 일이 버스 정류장 앞에 항상 나와 있는 떡볶이 포장마차에 들러야 한다는 것이었다.

친구들은 하루가 멀다 하고 그 집을 거치는데 떨떠름한 표정으로 옆에서 순대나 김밥을 먹었던 기억이 있다. 이쑤시개로 콕콕 찍어 빨간 양념 듬뿍 발린 떡볶이를 먹고 좋아하는 친구들을 보며 아주 진지하게 물어봤었다.

"떡볶이를 무슨 맛으로 먹어?"

그런 내가 맛대맛 분식 특집을 하면서 떡볶이를 자청해서 맡았다. 정말 알고 싶었다. 대한민국 여학생 대부분이 중독되어 있는 떡볶이 맛의 실체를 말이다.

나는 떡볶이의 주류를 크게 네 가지로 구분하였다. 일단 쌀떡이냐 밀가루떡이냐로 크게 둘로 나눈다. 쌀떡은 특유의 찰기 때문에 쫀득 쫀득하면서 구수한 맛이 나고, 밀가루떡은 탱탱하게 씹히는 탄력으로 즐긴다.

떡볶이 양념에 따라 각각 다시 두 부류로 나눌 수 있는데 그 기준은 단맛을 설탕으로 냈느냐 물엿으로 냈느냐이다. 물론 두 가지를 섞어서 쓰는 경우가 대부분이지만 그 비중에 따라 껄쭉하고 달달한 맛의 떡볶이가 되느냐 칼칼한 맛이 주를 이루는 물 떡볶이가 되느냐가 정해진다. 쌀떡을 이용한 떡볶이는 대부분 물엿을 많이 쓴다.

내 맘대로의 기준에 따르면 가는 쌀떡을 기름에 달달 볶아서 만드는 통인시장의 기름 떡볶이나 온갖 사리가 넘치는 신당동의 즉석 떡볶이, 자장떡볶이, 카레떡볶이 등은 비주류에 속한다고 본다.

내가 최고의 떡볶이로 소개한 집은 부산 광안리에 있었다. 30년간 한자리에서 맛을 이어온 할매 떡볶이.

좋은 쌀로 특별주문한다는 굵은 쌀떡과 너무나 유명한 부산어묵도 중요한 맛의 비법이지만, 제일 중요한 건 떡볶이를 만드는 육수였다. 꽃게와 새우, 다시마, 무를 끓이다가 꼬치에 꿴 어묵을 넣어 만든

어묵탕국물로 떡볶이를 만든다. 어묵탕의 꽃게육수가 천연조미료 역할을 하기 때문에 입에 착 붙으면서도 뒷맛이 깔끔하다.

여기에 삶은 달걀을 하나씩 곁들여 먹는데, 하루에 2천 개씩 껍데기를 까느라 지문까지 사라진 할머니의 손을 보면서 '간식'이 아닌 '음식'으로써의 자격이 충분하다는 생각을 했었다.

지금도 떡볶이를 즐겨 먹지는 않지만, 부산 할매의 마디 굵은 손으로 퍼주시는 그 꽃게 육수 떡볶이는 자주 생각이 난다. 사라진 지문 때문에 주민등록증 만들 때 애를 먹었다는 떡볶이 할머니. 그렇게 달걀 까고 떡볶이 만들어 팔아 번 돈으로 뭐하셨냐고 물으니 그 대답이 예술이다.

나훈아 꽃다발 사주고 태진아 노란 마후라 사주셨단다! 오늘도 할머니는 2천 개의 달걀을 까고 계시겠지?

내가 와인을 마시는 이유

나는 술을 마시는 게 아니야.

봉인된 당신과의 시간을 마시는 거지.

75cl.
Laura Hart
MERLOT

치열하고 화끈하고 33하게!

아, 다행이다. '33'이라는 숫자로 써놓은 것보다는 '서른세 번째'라는 한글이 덜 자극적이니 말이다. 어느새 서른세 번째 생일이다. 감개무량이시다. 지구멸망을 찰떡같이 믿었던 나에게 서른세 번째 생일은 상상도 못했던 일이다.

난 정말 노스트라다무스의 예언대로 1999년 8월 18일에 지구가 멸망할 것이라고 믿었다. 초등학교 때 그 예언서의 존재와 내용을 알고는 너무 충격을 받아 헤매다가 혼자만의 운명도 아니고 모두의 운명이니 받아들이자고 혼자 타협했었다. 그래서 내 삶의 마침표는 1999년 8월 18일에 찍는 걸로 알고 살았다. 그랬던 나에게 2006년,

서른세 살이 와 준 것이다.

결혼 못한 여자 나이 서른세 살.

대부분의 사람들은 당연히 내가 지나버린 20대를 그리워할 것이라고 생각한다. 그래서 20대 파릇파릇한 그녀들과 날 비교하는 걸 짓궂고 자극적인 장난이라고 생각하며 일삼는다. 안타깝게도 난 전혀 그렇지가 않다.

어느 날 내 수호천사가 뿅 나타나 "소원이 무엇이냐? 시간을 돌려줄까? 언제로 돌아가고 싶니?" 하고 물어도 난 돌아가고 싶은 시간이 없다. 그냥 지금이 나에겐 내 삶의 여정 중 최선이다.

나의 10대는 내 것이 아니었다. 부모님의 것이었다. 나의 20대도 내 것이 아니었다. 내 일의 것이었다. 왜 그랬는지는 잘 모르겠으나 앞뒤 잴 것 없이 치열했다. 깨어 있는 시간의 80% 이상이 내 일의 몫이었다. 후회하지는 않지만 다시 겪고 싶지는 않다. 30대가 되어서야 난 내 삶을 살고 있다. 나의 결정과 나의 선택에 의해 채워지는 흥미진진한 하루하루. 이 충만한 시간을 미워할 이유가 없다.

이런 시간을 10대의 뽀송뽀송한 피부나 20대의 탱탱한 성적매력 따위와 바꾸는 건 손해 보는 장사라고 생각한다. 나이에 대한 뻔뻔함 때문에 난 몇 가지를 잃을지도 모르겠다. 하지만 그렇게 잃을 것이라면 미련 갖지 않겠다. 서른세 번째 생일날 먹는 미역국에 넣고 꾹꾹 말아 맛있게 먹고 깨끗이 잊어주겠다.

생일이면 하필 미역국을 먹는 이유도 이제야 알겠다. 떡국도 아니고, 갈비탕도 아니고 뚝배기 불고기도 아닌 미역국을 먹는 이유말이다. 아이를 낳고 나서 줄기차게 먹어대는 미역국을 매년 생일마다 먹는 이유는, 매년 다시 태어나는 것이기 때문이리라.

그러니까 서른세 번째 생일 미역국을 먹은 나는 서른세 번을 다시 태어난 것이다. 다시 태어났으니 미역국으로 몸조리하고, 일 년을 평생처럼 살라는 뜻일 게다.

내년 생일이면 나는 또 다시 태어나겠지만, 오늘은 오늘이 마지막인 것처럼 치열하고 화끈하게 살 것이다. 이 미역국 한 사발의 약발로 말이다.

내 삶에서의 의식주 비율을 따져보면 1 : 8 : 1 정도. 아침에 눈을 떠 샤워를 하고, 요구르트를 먹으며 이메일을 확인하고, 대충 찍어 바르며, 옷을 입고, 집을 나서는 데까지 30분이 채 안 걸릴 지경이니 '의생활'은 거의 가리기 수준.

음식에 정복 당하다

독립하고 2년 정도는 집 꾸미고 살림 채워 넣는 재미에 빠져서 '주 생활' 의 비율이 조금 높긴 했었다. 그것도 할부로 48인치 PDP TV를 장만한 이후로 흥미가 사라졌다. 혼자 살면서 삐까번쩍 꾸며 놓는 것도 왠지 더 처량해 보이는 것 같았다.

그리고 몇 번의 헛발질 끝에 시작한 연애는 그 대상이 식도락 클럽 회장이었다. 당연히 음식이 중심된 연애였다. 각자 먹은 최고의 냉면에 대해 한 시간 이상 토론을 하고, '뭘 할까' 보다 '뭘 먹을까' 가 우선시 된 데이트였다. 근데 그게 너무 좋았다. 결국, 믿기 힘들었던 실연의 상처를 극복하게 한 것도 산을 타며 먹었던 몇 그릇의 국수였으니. 아, 정말 먹는 게 남는 거라지만 33살 농익은 처녀의 삶이 식신(食神)의 그것과 다를 것이 무엇이란 말인가.

방송 경력의 반 이상을 음식 프로그램으로 채우다 보니, 일을 함에 있어서도 온통 밥과 면발과 김치와 고깃덩이들과의 치열한 사투였다. 슬럼프에 빠진 직장 후배를 데리고 나가 커피 한잔 마시며 타이르며 말했다.

"오골계 자체가 보편적이지 않은 재료라면, 효능보다는 맛을 강조해야 하지 않았을까? 육수에 들어가는 한약재들보다는 오히려 곁들이는 겉절이 양념을 잘 풀어주는 게 옳은 구성이었을 거야."

일드에 나오는 내 나이 또래의 전문직 여성들은 매끈한 투피스 정장을 입고 홍보 전략이 어쩌구저쩌구, 프리젠테이션 준비 때문에 야근이 어쩌구저쩌구, 참 있어 보인다. 그런데 겉절이 양념과 흑돼지 털제거 방법을 가지고 후배를 다그치고 팀장과 대립하는 33살의 전문직 여성이라니, 뭔가 코미디스럽지 않은가?

책장에 꽂힌 책들을 보니 80% 이상이 음식 관련 서적이다. '진기한 야채의 역사', '고추, 그 맵디 매운 황홀', '한중일의 김치세상', '중화 요리에 담긴 중국' …

잠 안 오는 밤, 모차르트를 틀어 놓고 와인 한 잔을 들고 침대에 누워 안경을 코에 걸치고 읽는 책이 '고추, 그 맵디 매운 황홀' 이라니 홀딱 깬다. 정기구독을 해서 보는 잡지도 온통 음식 잡지다.

전화통화 내용의 대부분도 음식얘기다. 뭘 먹으러 어딜 가야 하는
지 묻는 지인들과 대한민국 오만 가지 음식 관련 업계분들의 전화.
휴~ 이제 인터넷 포털 사이트엘 들어가도 오늘의 헤드라인 뉴스보다
음식 이름들이 먼저 눈에 들어오고, 낯익은 거리를 달리다 보면 사람
과 가로수가 보이는 게 아니라 새로 생긴 식당 간판이 먼저 눈에 들
어온다.

일주일에 단 몇 시간만이라도 음식으로부터 자유롭고 싶어서
DSLR 카메라를 장만하고 동호회도 가입했다. 조작이 익숙해지기가
무섭게 음식 사진들을 찍고 다닌다.

앞으로 살아갈 미래를 계획하면서도 무엇이든 음식에 의지하지

않고서는 어떤 청사진도 그릴 수가 없다. 아마도 나의 뇌를 분석해 보면 김치찌개, 초계탕, 차돌박이 부추무침, 묵은지 닭매운탕, 봉골레, 갈릭 립, 팥칼국수, 매생이 굴국, 놀래미 막회, 명태회냉면… 막 이런 것들이 빼곡하게 채우고 있을 것이다.

좀 색다른 직업 덕분에 뱃속도 머릿속도 맛난 것들로 꽉꽉 들어차서 굶주림이란 단어는 차마 비집고 들어올 새도 없지만, 어떻게든 채워지지 않는 이 공허한 헛헛함. 물론, 해결방법은 명쾌하게 알고 있다. 하지만 어디서 무엇부터 시작해야 하는지조차 감을 못 잡게 되어버렸다.

이건 분명히 음식 군단의 침입을 막아내지 못하고 정복당한 내 삶의 비극이리라.

뉴욕에 가면
핫도그를 먹어야 하는 이유

나는 해외촬영 운이 심하게 많은 편이다. 한번 스타트를 끊고 나니 해외촬영이 필요한 프로그램을 많이 하게 되었고, 갑작스레 해외촬영이 잡히면 자연스럽게 내 담당이 되었다. 해외물이 없던 프로그램으로 가도 느닷없이 해외 나갈 일이 생기곤 했다.

그렇게 해서 일 년이면 서너 개 이상의 출국 도장이 내 여권에 찍혔다. 처음엔 어린 마음에 그저 외국에 나간다는 것만으로도 신이 났다. 돈 한 푼 안 들이고 해외 곳곳을 간다는 게 얼마나 복 받은 일인가. 무엇보다 난 비행기 타는 걸 무척 좋아하니 말이다.

하지만 출장이 반복될수록 정말, 진심으로, 괜히 하는 말이 아니라, 일로 가는 해외는 안 가느니만 못하다는 걸 알게 되었다.

말도 잘 안 통하는 해외에서 원하는 촬영을 하기란 포크로 냉면 먹기보다 힘들다. 더구나 해외물에 대한 방송국 내에서의 기대치는 훨씬 높아지기 마련인지라 촬영을 다녀와서 받는 스트레스도 이만저만이 아니다.

그런 깨달음과는 상관없이 이미 해외 담당으로 흘러버린 팔자는 쉽게 돌릴 수가 없다. 내가 원하건, 원하지 않건 나의 해외출장은 계속되었다.

마음을 비우고 드나들면서 생긴 유일한 낙이 마일리지 적립이었다. 항공사별로 차곡차곡 쌓이는 마일리지만이 고된 출장으로 망가진 내 피부와 놀자고 유혹하는 이국의 풍경 속에서 이 악물고 한 노동에 대한 보상이었다.

그리고 그렇게 쌓은 마일리지로 열흘간의 뉴욕 여행을 떠날 수 있게 되었다. 나의 아름다운 대학친구 써지여사와 그녀의 남편 행맨이 유학을 하고 있는 도시이기도 했고, 두 번의 촬영차 방문 때 기필코 다시 '놀러' 오리라 다짐했던 곳, 뉴욕.

비싸서 못 보는 뮤지컬과 열 번도 더 본 영화 '러브어페어'의 도시, 뉴욕.

이름만 들어도 심장 떨리는 최고의 레스토랑과 베이글, 핫도그, 차이나타운의 중국 음식들. 드디어 그걸 먹으러 가는 것이다!

워낙 물가 비싸기로 소문난 곳이라 정신 바짝 차리지 않으면 돌아온 일상이 가난해 질 수도 있다. 무엇보다 지름신을 달래는 것이 중요했다.

항공권은 마일리지로 해결을 했고, 숙박은 써지여사 집에서 해결하고, 몇 번의 뮤지컬 관람과 교통비 등을 제외하고 남은 예산 안에서 식사 계획을 짰다.

식탐 또한 잘 다스리지 않으면, 뉴질랜드에서처럼 돈은 돈대로, 몸은 몸대로 망가지는 불상사가 생긴다. (뉴질랜드에 갔을 때, 귀국 날짜는 다가오는데 먹고 싶은 게 너무 많아서 하루 4,5끼를 먹고 다녔었다. 그때 찐 살이 몇 년을 갔다지.)

아침은 평소처럼 커피 한 잔으로, 점심은 간단한 샌드위치나 핫도그로 해결. 대신, 저녁은 매일 컨셉을 바꿔가며 꼭 가보고 싶었던 레스토랑을 가기로 했다. 하늘의 별처럼 많은 뉴욕의 레스토랑 중에 단열 곳이라니! 이건 형벌이다.

화려한 저녁 만찬을 위해 고된 낮 행군은 굶주림 속에 계속됐고, 허기에 지쳐 쓰러질 때마다 날 구원해 주었던 것이 바로 핫도그였다. 처음엔 싼 맛에 먹던 것이, 먹다 보니 나름대로의 중독성이 있다.

주뼛주뼛 어색한 영어로 "원 핫도그 프리즈" 하던 것이 점점 탄력이 붙어 "칠리소스 잔뜩이요." "피클 좀 많이 넣어 주세요." "양파 익힌 건 없나요?" 자꾸 주문이 늘어갔다.

며칠 지나니 핫도그 파는 총각이랑 날씨 농담까지 나누기도 했다.

털모자를 안 쓰면 머리가 아플 정도로 추웠던 여행 막바지의 어느 날, 그날도 화려한 저녁식사를 위해 점심은 핫도그로 때울 예정이었다.

헌데, 저 멀리 일식집 간판의 '라멘'이 사정없이 날 유혹하는 게 아닌가!

춥지? 떨리지? 뜨끈한 라멘 한 그릇 먹어~ 뉴욕의 일식도 솜씨가 좋다니까~ 온 김에 맛을 보고 가야 하지 않겠어?

그래! 결심했어. 라멘 한 그릇 먹는다고 비행기를 못 타겠어? 가자! 먹는 거야!!!

힘찬 발걸음으로 일식집 문을 열고 들어가 앉아 메뉴판을 펼쳤다.

라멘 종류는 많지 않았다. 두 가지였던가?

영어로 된 설명에 의하면, 하나는 '해물로 국물을 내서 매운 맛을 낸 굵은 면발', 또 다른 하나는 '미소를 푼 고기 육수에 가는 면발'이었다.

잠시 고민을 하다가 매운 맛보다는 미소가 그들의 전공이라는 생각이 들어서 '미소를 푼 고기 육수에 가는 면발' 라멘을 시켰다.

맨하탄에서 맛보는 일본 라멘은 어떤 맛일까?

이윽고 주방에서 음식을 건네받은 웨이트리스가 라멘을 들고 내 쪽으로 걸어온다. 모락모락 뜨거운 김. 보기만 해도 속이 뜨끈해지는 것 같다. 온다. 온다. 온다.

BEAUTY AND THE BEAST
THE LION KING
HSBC
SAMSUNG
RENT
Higher Standards. Even by New York Standards.
100% Col

www.
39 ST BAKERY CUPCAKE CAFÉ
CUPCAKE CAFE
CUPCAKE CAFÉ

아~ 그런데 이상하다. 이상하다. 이 냄새는…이 냄새는…이 냄새는!!!

내 앞에 놓여진 라멘 그릇 안에 담긴 '미소를 푼 고기 육수에 가는 면발' 은 '안·성·탕·면' 이었다. 눈을 비비고 코를 문지르고 머리를 털고 다시 봐도 '안성탕면' 이었다. 평소 먹던 핫도그의 15배 가격을 주고 시킨 것이 '안성탕면' 이었다!

아~ 이를 어찌 해석해야 한단 말인가. 뉴욕 맨하탄 심장부에 위치한 일식집에 당당히 입성한 우리의 '안성탕면' 을 감격스러워 해야 하나. 평소에도 잘 안 먹던 라면을 무려 1만 7천 원이나 주고 먹게 된

시추에이션에 땅을 쳐야 하나. 면발이 불기 전에 빨리 판단해야 한다. 심호흡을 하고 결정했다.

"여기요. 김치도 주세요."

물론, 1달러 50센트를 주고 추가 주문한 것이다.

그리하여 투철한 절약정신으로 매일 1달러짜리 핫도그로 점심을 해결하던 나는, 맨하탄 한복판의 한 일식집에서 1만 7천 원짜리 '안성탕면' 만행의 희생양이 되어, 씁쓸히 지갑을 열어야 했다는 눈물겨운 이야기.

뉴욕에 가면 핫도그를 먹자.

자장면 비비는 여자

입이 짧았던 그 녀석이 좋아하는 몇 가지 메뉴 중 하나가 자장면
이었다.

자장면이 나오면 녀석은 꼭 비벼달라고 했다.

별 수고롭지 않은 수고를. 결국은 정성껏 비벼 줄 것이면서.

쓱 내 앞에 밀어 놓는 녀석을 꼭 한 번 흘겨보곤 했었지.

면발과 소스가 골고루 섞이도록,

면발 하나하나 부드럽게 흩어지도록,

시선과 손끝을 모아 비비는 동안,

그런 나에게 집중해 있는 녀석의 시선을 느끼는 게 좋았다.

자장면을 비비는 간단한 수고로 인해 난 그 녀석에게 꼭 필요한
사람, 아주 중요한 사람이 된 것 같았으니까.

Life is egg

나는 냉면을 좋아한다. 좋아하는 정도가 아니라 중독에 가깝다. 지금은 많이 나아지긴 했지만, 소싯적 한 냉면 할 때는 아무리 화가 나는 일이 있어도 냉면 한 그릇을 먹고 나면 금세 기분이 좋아지곤 했다.

그걸 알았던 그는 나에게 뭔가 찔리는 구석이 있거나, 싸우고 난 뒤나, 하기 힘든 말을 해야 할 때 꼭 냉면집에 데리고 가곤 했다. 하지만 그와 함께 먹었던 냉면은 모두 2% 부족한 맛으로 기억된다. 이유는 냉면 위 달걀 반쪽 때문이었다.

아직 연인이라는 단어로 완벽히 묶이기엔 서로 어색하던 때 처음으로 냉면을 함께 먹으러 갔다. 그는 나름 유명한 냉면집을 수소문하여 날 감동시키려 했고, 나는 그의 노고에 조금 과장이 섞인 얼굴로 웃으며 호응을 해줬다.

그는 비빔냉면을 시켰고 나는 물냉면을 시켰다. 난 원래 면을 자르지 않고 먹지만 처음으로 함께 먹는 냉면이니만큼 다소곳한 연출이 필요했기 때문에 잘근잘근 잘라 입을 조그만 벌리고도 먹을 수 있게 만들었다. 그는 비빔냉면이 좀 매웠는지 연신 땀을 닦아내고 육수를 들이키며 냉면을 먹었다.

나보다 좀 빠르게 냉면 그릇을 비워가던 그가 얌전히 면발을 집어 올리고 있는 나의 손과 내 냉면그릇을 보더니 손도 안 댄 삶은 달걀 반쪽을 발견하고 외쳤다.

"어! 너 냉면에 들어간 달걀 안 먹는구나! 내가 대신 먹어줄까?"

"어~ 그럴래?"

나는 얌전히 나의 삶은 달걀 반쪽을 집어 그의 그릇에 놓아 주었다. 젓가락을 내려놓고 냉면그릇을 들어 시원한 육수를 들이키며 생각했다.

'아! 나의 삶은 달걀 반쪽….'

냉면 위에 삶은 달걀 반쪽이 올라가는 이유에 대해 이런저런 해석이 많다. 영양균형 때문이다, 맵고 찬 걸 먹기 전에 속을 부드럽게 달래놓기 위한 것이다 등. 그래서 냉면을 먹기 전에 먹어야 한다, 중간에 먹어야 한다, 말이 많지만 난 늘 제일 마지막에 먹는다.

냉면이 나오면 삶은 달걀을 포함한 꾸미들을 제쳐놓고 일단 면부터 후룩후룩 소리를 내가며 먹는다. 그 중간중간 무절임이며 오이절임, 배, 수육 등을 면과 함께 먹고 육수까지 쭉 들이켜고 난 뒤 디저트 삼아 달걀 반쪽을 먹어야만이 완벽한 한 그릇의 냉면 유희가 끝나는 것이다.

그런데 마지막 마무리를 담당할 달걀 반쪽이 그의 손에 넘어가 버렸으니. 하지만 어쩌겠나. 이미 돌이킬 수 없는 운명의 젓가락 너머로 나의 삶은 달걀 반쪽은 사라져버린 것을.

그 이후로도 꽤 자주 냉면을 먹으러 갔지만 나의 삶은 달걀 반쪽은 항상 그의 차지였고, 그래서 그와 함께 먹었던 냉면은 모두 뭔가 빠진 허전한 맛으로 기억된다.

결국 그와의 인연도 뭔가 빠진 허전한 채로 끝이 나버렸다.

나름 심각한 분위기로 이별을 치르던 날, 하필 마지막으로 그에게 꼭 하

고 싶은 말이 그 삶은 달걀 반쪽 얘기였다. 물론 삶은 달걀 반쪽 때문에 그와 헤어진 건 아니지만 겨우 삶은 달걀 반쪽 만큼의 자기포장과 서운함을 우리는 극복하지 못했다.

한 가지 알 수 없는 것은 그와 헤어지고 난 뒤에도 나는 냉면 위의 삶은 달걀 반쪽을 먹지 않게 되었다는 것이다.

E A T …

달걀 후라이

달걀이 스스로 껍질을 뚫고 나오면 따뜻하고 포근한 병아리가 된다.

하지만, 누군가에 의해 깨져 버리면 고작 달걀 후라이가 된다.

아무리 소중히 품고, 아무리 조심조심 보듬어도 내 사랑은 번번이 달걀 후라이가 되어 버렸다.

P.S.1_ 그나마 노른자 안 터진 걸 다행으로 생각해야 할까?

붕어찜과 시어머니

맛있는 음식이나 분위기가 좋은 식당엘 가면 항상 누군가가 떠오른다. 역시 가장 많이 생각나는 부모님, 친구, 사랑할 사람….

연상도 진화하는 것일까?

많은 음식과 많은 장소를 거치는 동안 나의 연상은 아주 세분화되었다. 예를 들면, 실연당한 친구를 달래주며 먹고 싶은 것, 만사를 때려치고 싶은 마음일 때 혼자 와서 먹으면 좋을 맛, 부모님께 남자친구 소개시킬 때 오고 싶은 곳… 이런 식으로 말이다.

'장차 사랑할 사람'과 어색한 탐색전이 끝나고 슬슬 편안한 마음이 생기기 시작할 때 갈 예정인 곳은 영동고속도로 끝자락에 숨어 있

는 '바우하우스' 다.

감각 좋은 멋쟁이, 김일기 쉐프가 지어놓은 멋진 집과 와인, 정직한 샤또 브리앙. 내가 죽고 못 사는 바다도 지척이니, 적당한 긴장감과 느긋한 추억을 채우기에는 안성맞춤이다. 게다가 아는 사람만 아는 보석 같은 곳이라 남다른 감각을 뽐내기도 딱이다.

슬럼프에 빠진 후배가 오랜만에 징징대며 전화했을 때 데려갈 곳은 홍대의 일본 라멘집 '하카다분코' 이다. 그곳의 인라멘 맛을 최상으로 감상하기 위해서 꼭 필요한 에피타이저가 있다. 바로 진한 알콜이다. 얼큰해지도록 후배의 푸념을 한껏 들어주고 데려가 라멘 한 그릇 먹인 후 어깨 한 번 탁 때려 들여보낼 생각이다.

그리고 특이하게도 있지도 않은, 아니 생길 조짐도 없는 '시어머니'를 떠올린 맛이 있다. 강화도 저 안쪽에 숨어 있는 '돌기와집'의 붕어찜을 먹으면서였다. 저수지 언저리 작은 마을에 들어앉은 돌기와집. 아주 작은 간판이 하나 내걸려 있을 뿐, 식당 같지 않은 외경과 텃밭에서 방울토마토를 따며 손님을 맞는 주인이 있다.

남의 집 안방에라도 들어앉은 듯 엉덩이를 바로 붙이지 못하고 앉아 있으면 붕어찜이 준비되는 동안 주전부리처럼 집어먹을 반찬들이 나온다. 이것저것 장아찌와 텃밭에서 딴 호박으로 지진 호박전, 촌스러운 맛의 시래기나물, 특히 내 젓가락을 바쁘게 만드는 건 짠지. (동치미와 짠지의 차이를 아시는가? 그렇다면 나와 인생을 이야기하자.)

주문한 붕어찜이 나오기도 전에 몇 가지의 밑반찬만 가지고도 밥은 거의 반 이상이 비워진다. 이성을 잃지 말고 수위 조절을 잘 해가며 먹어야 한다.

이윽고, 주문한 붕어찜이 시래기 지짐 듬뿍 덮고 등장! '민물생선=흙내' 라는 공식을 완전히 무시하고 칼칼한 양념향과 구수한 시래기로 무장한 최고의 붕어찜. 압력솥에서 서너 시간을 푹 쪄냈기 때문에 덥석 집어 뼈까지 씹어먹어도 전혀 이물감이 없다. 아작아작 기분 좋게 씹혀 넘어간다. 생선뼈가 연하게 녹도록 푹 쪄내고도 붕어살이 전혀 흐트러지지 않고 형태를 유지하는 게 신기할 따름이다. 주인아주머니 말로는 특별한 비법 없이 그저 시어머니께 배운 대로 하는 거라는데 도대체 먹어도 먹어도 알 수 없는 마술 같은 솜씨다.

어렸을 때 명절이나 방학 때 시골에 놀러가면, 아버지와 큰아버지는 저수지에 가 붕어를 잔뜩 잡아서는 하나하나 손질을 해 붕어찜을 만드셨다. 항상 붕어찜은 엄마가 아닌 아버지가 만들어 주셨다. 넓적하게 자른 무를 깔고 붕어, 파, 양파 따위와 매운 양념장을 넣고 만들어 주셨던 붕어찜. 난 그게 그렇게 맛이 있었다.

세상에는 붕어찜을 못 먹는 사람이 더 많다는 사실을 알고는, 미국 사람은 다 금발인 줄 알았는데 그게 아니라는 걸 알았을 때처럼 당황스러웠었다. 아니 이 맛있는 붕어찜을. 고등어조림이나 갈치조림과는 격이 다른 묘한 깊이가 있는 붕어찜을 어찌 못 먹을 수 있다는 말인가!

아무튼, 아버지가 더 이상 붕어를 잡으러 가지 않으시면서 내 삶에서 붕어찜은 사라졌었다. 그러던 것이 '돌기와집'을 만나면서 붕어찜 제 2막이 시작된 것이다.

일 년이면 두세 번 정도 카메라 하나 메고 찾아가 정신없이 먹고 오는 붕어찜. 어느 날, 이다음에 꼭 '시어머니'를 모시고 와야겠다는 생각을 했다. 그것도 그녀가 뭔가에 살짝 삐쳐 있어 이상기류가 흐를

때 모른 척하고 팔짱 끼고 와서 이 감동적인 붕어찜을 먹고, 멋진 가
로수 길 위에서 사진 한 방 찍어드려야겠다는 생각을 했다. 왜 그런
생각을 했을까?

　너무 과하지도 않고 허름하지도 않은 가게 분위기나 잔 치장 없이
순박하게 맛을 낸 음식이나 마음 편안하게 만드는 주변 풍광도 이유
가 되겠지만, 수십 년을 마주 앉아 채소를 다듬고 나물을 무치고 밥
을 퍼 나르는 동안 남편보다 딸보다 더 살갑게 깊어졌을 모녀지간인
듯 닮은 구숙인, 구옥순 고부의 표정 때문이었으리라.

나는 상추쌈을 먹을 때마다
자꾸만 목이 멘다

몇 달 만에 본가를 찾았다. 겨울이 오기 전 다녀가고 여름이 짙어지고서야 찾은 집은 살짝 어색하기까지 하다. 심호흡을 하며 계단을 오르려다가 아버지의 목소리에 뒤를 돌아본다. 텃밭에서 오시는 모양으로 바구니 가득 푸성귀가 넘친다.

전화도 안 받던 딸의 느닷없는 방문에 반가운 내색을 감추지 않는 아버지.

"전화도 없이 웬일이야? 밥은 먹었냐? 얼른 들어가자."

"아~ 배고파 죽겠네, 아부지. 나 밥부터 먹구. 오늘 한 끼도 안 먹었어."

갑자기 울컥 눈물이 솟는 바람에 곧장 부엌으로 들어가 소란을 떨었다.

"끼니를 왜 거르고 다녀. 상추쌈 해서 먹어라. 청상추 아버지가 키운 건데 아주 맛있어. 난 반찬 없어도 이것만 있으면 밥 먹겠더라."

배가 고파서인지, 마음이 고파서인지, 보온밥솥의 밥을 한가득 퍼담고 주섬주섬 멸치볶음이랑 열무김치랑 고추장을 퍼담고, 아버지가 따오신 청상추를 수북하게 씻어 담아 대충 상을 차린다.

쌉사름하게 진한 풋내를 풍기는 청상추. 여전히 아버지와 눈을 못 맞춘 채 크게 한 쌈을 싸서 입에 넣었다. 실로 몇 달 만에 식욕이 당긴다. 쳐다보는 눈길을 의식할 새도 없이 입이 메어지게 쌈을 싸서 또 먹는다. 그런 나를 조용히 바라보던 아버지. 역시 조용히 한 말씀을 하신다.

"왜 그렇게 말랐어. 그 녀석이랑은 헤어진 거냐?"

순간, 크게 싼 상추쌈 때문인지 애써 싸매고 있던 기억 때문인지 목이 턱 막혔다. 묘한 오기가 생겼다. 어떻게든 이걸 삼키고 나면 정말 모든 게 다 삼켜질 것 같다. 꿀.떡.

"저녁엔 삼겹살이나 구워 먹자."

뭘 더 묻지도 않고, 대답하지도 않고, 아버지는 텃밭으로 나가셨다. 대충 상을 치우고 아버지의 밭으로 갔다. 넓지 않은 땅에 밭두렁 하나하나 열을 맞춰 참 골고루도 심어 놓았다. 먹는 사람도 없는데 무얼 이리 열심이신지.

"자식 농사는 맘대로 안 돼도 상추 농사는 되더라. 거름 주면 준대로, 솎아 주면 솎아 주는 대로."

상추 농사는 잽싸게 솎아 주는 게 일이다. 날이 더워지면 하루가 다르게 양분을 흡수해 잎을 펴기 때문에 과감하게 솎아주지 않으면 죄다 자잘해진다.

튼실한 잎들이 억세어지기 전에 따내느라 아버지의 바구니는 매일 상추로 넘쳐난다. 여린 적상추 순은 그냥 뜯어 넣고 밥 비벼 먹기에 좋고, 청상추는 차곡차곡 씻어 담아 치커리, 쑥갓, 여린 열무잎과 함께 쌈을 싸는 게 제격이다.

러닝셔츠 차림으로 허리를 굽혀 부지런히 밭고랑을 오가는 아버지. 그도 한때는 사랑앓이에 심장이 터질 것 같이 아프기도 하고, 성공을 위해 앞뒤 안 가리고 달려보기도 했을 것이다.

하지만 환갑이 넘은 지금에는 몇 평 텃밭에서 키운 푸성귀들로 드문드문 찾는 자식 챙겨먹이는 게 제일 큰 낙이 되어 버렸다. 마주앉아 그걸 함께 먹는 일상이 최고의 효도임을 잘 알면서도 그 사소한 시간조차 할애하지 못하고 사는 늙은 딸.

사회생활에서도 윗사람 공경하는 게 가장 중요하다며 손수 키운 고구마를 봉투에 담아 '직장상사' 님께 명절 인사드리라고 건네주시는 아버지. 아무 말 하지 않아도 상추쌈 먹는 모습만 보고 딸내미의 깊은 상처를 눈치 채신 아버지.

그런 아부지 때문에 나는 상추쌈을 먹을 때마다 자꾸만 목이 멘다.

LOVE
EAT

일상 레시피,
내가 맛있게 사는 법

한 스푼의 웃음과 다진 고민 조금,
후회와 망설임까지 한데 넣고 우르르 끓여낸
행복한 일상의 한상차림

브라보 마이 라이프

벤처기업 성공률보다 훨씬 낮은 것이 식당 대박 확률이다. 정년이 빨라지고 노후는 길어지면서 식당 창업에 대한 관심은 폭발적으로 높아졌지만 결코 만만찮은 것이 음식장사이다.

6년 동안 전국의 소위 '잘나가는' 식당을 섭렵하고 다닌 결과, 음식장사는 정말 아무나 할 수 있는 게 아니라는 것을 알았다. 100명의 손님이 오면 100명의 입맛이 다르고, 같은 사람이라도 매일매일 기분에 따라 달라지는 게 입맛. 그걸 만족시켜 돈을 받아내기란 45개 숫자 중에 6개를 찍어 인생 역전하는 로또보다 훨씬 어려운 일이다.

그럼에도 불구하고 대박 식당은 많다. 그리고 그 대박 식당에는 분명한 공통점이 있다. 헌데 그 대박 식당의 비결이 내 인생 대박의 비결과도 꽤 닮아 있는 것 같다.

첫째, 주인이 다 해먹는다

우르르 떴다 폭삭 가라앉는 식당이 아닌, 꾸준히 대박을 이어가는 식당들의 가장 큰 공통점은 아무리 직원이 많고 업무가 세분화되었어도 주인이 모든 걸 다 꿰뚫고 있다는 것이다.

주방장이 따로 있더라도 결정적인 맛의 비결은 주인이 쥐고 있는 경우가 대부분이며, 오늘 당장 주방장이 바뀌어도 똑같은 맛을 만들어 낼 수 있는 주인. 그게 기본이다. 카운터에 앉아 카드나 긁어대는 게 아니라 급하면 불판 위의 고기도 척척 잘라낼 수 있는 사람. 하다 못해 냅킨 주문이나 냉장고 속 유통기한이 지난 양념 하나까지 놓치지 않아야 한다.

식당에 10명의 직원이 있는데, 그 중에 절대 없어서는 안 될 사람이 하나 생기면 그 식당이 망할 확률도 1/10만큼 늘어나는 것이다.

그렇다면 인생은 어떠한가? 분명히 삶을 살아가는 데 없어서는 안 될 소중한 사람은 너무나 많다. 하지만 '소중하다' 는 의미와 '의존한다' 는 의미는 전혀 다르다. 내 삶을 절대적으로 기대고 있는 누군가가 있다면, 그가 나를 배신하는 순간 내 인생은 뒤죽박죽 엉망이 되어

버린다. (이건 경험에 의한 학습으로 너무나 확실히 알게 된 진리이다.)

부모의 경우도 마찬가지다. 나는 대학에 들어가면서부터 부모님께 용돈을 거의 받지 않았다. 워낙 보수적인 아버지 밑에서 자란 터라 경제적인 자립을 하지 않고서는 내가 하고 싶은 걸 할 수 없겠다는 생각에서였다. 덕분에(?) 몇 년 뒤 집안이 쫄딱 무너졌을 때도 내 삶은 별로 큰 타격을 받지 않았다. 내 삶은 분명히 내 것이니까. 내가 주인이니까. 내가 다 해먹고 스스로 책임져야 한다.

그럴싸하게 치장해놓은 식당들에 답사를 가면 일단 과장된 감탄사로 사장들에게 예를 갖춘 뒤, 아주 사소한 질문을 먼저 한다. "이 젓가락은 어디서 사셨어요?" "벽지는 왜 이 색으로 고르셨어요?" "이 화초 좋아하세요?" 그러면 대부분 대답은 두 가지 방향으로 갈린다. 전문가의 의견에 따랐다거나 그냥 어디서 생겼다거나 하는 수동형의 답변과 아주 구체적인 능동형의 답변.

면발이 미끄러지지 않도록 홈이 패인 걸 찾았다든가, 고기의 김이 잘 살아 먹음직스러워 보이고 연기 때문에 변색이 안 되도록 검은 벽지를 발랐다든지, 사실 그렇게 자세한 대답을 하는 분들이 처음부터

그런 생각과 의도를 가지고 추진한 경우는 많지 않다.

다만, 느닷없는 그런 질문에 답을 할 수 있다는 건 본인도 누군가에게 질문을 했다는 얘기이고 그 과정에서 충분한 의견교류가 있었다는 얘기다. 즉, 벽지를 왜 그런 색으로 발랐는지 대답할 수 있는 식당 사장은 그 만큼의 열정과 관심과 집중력을 가지고 있다는 말이다. 성공확률이 높다.

인생도 마찬가지다. 나는 꿈속에서도 끊임없이 나 자신에게 질문하고 대답한다. 물론, A형의 물병자리 여자가 가진 소심함과 피해의식이 그 원인이기도 하지만 그런 과정 속에서 차곡차곡 정리가 되어

가는 걸 느낀다. 나이를 먹을수록 그 정리가 조밀해지기 때문에 스무
살의 나보다는 서른 살의 내가 훨씬 분명해졌다. 스무 살 때는 장래
희망의 뭐냐는 질문에 살짝 갈팡질팡했지만 지금은 더욱 구체적이
되었으니 말이다.

사랑은 빼고. 그건 여전히 헷갈린다.

셋째, 주방이 넓다.

국내외를 불문하고 정말 대박 난 식당들은 아예 처음부터 넓은 주
방을 배치한 경우가 대부분이다. 파리의 한 레스토랑은 테이블이 열

개밖에 안 되는데 주방은 100평 가까이 되는 곳도 보았다.

암사동의 한 장어구이집은 테이블이 모자라 손님은 줄을 섰는데도 주방은 널널했다. 아무리 주문이 밀려들어도 동선이 꼬이는 경우가 없다. 착착착 안정감 있게 돌아간다. 먹는 사람들은 급한데 만드는 사람들은 느긋하다. 보이지 않는 곳에 있는 넓은 주방이 아니었다면 불가능한 일이다.

개업 초기 파리 날리던 시절, 필요 이상으로 넓은 주방을 보고 한소리 했던 사람들은 이제야 무릎을 친다. 분명 그 사장님은 대박에 대한 확신이 있었고 그 시스템을 미리 준비해 놓은 것이다.

방송생활 5년차 때이던가? 비슷한 기간 동안 작은 회사에서 직장생활을 한 친구가 있었다. 언젠가 그녀의 적금통장을 보고 충격에 빠졌었다. 그녀의 자산규모는 정확히 나의 열 배. 사실 방송 3년차까지는 돈을 모은다는 것이 거의 불가능하다. 매일 계속되는 야근과 출장에도 불구하고 도대체 늘지 않는 통장 잔고가 씁쓸하긴 했지만, 그 정도로 차이가 날지는 몰랐던 것이다.

하지만 6년이 지난 지금 나는 그녀가 5년 동안 꼬박 모았던 것보다 훨씬 많은 연봉을 받고 있다. 겉으로 보이지는 않았지만 내게는 훨씬 넓은 주방이 있었던 것이다. 그 넓은 주방에서 만들어질 미래를 느긋하게 지켜보는 일. 아주 흥미롭고 기대되는 삶이다.

내 인생의 모토가 '모 아니면 도'이다. 뭐든 아예 시작을 안 하면 안 했지 어정쩡한 건 싫다. 그러니까 그럭저럭 중박 따위는 있을 수 없다. 두 번 살 수 없는 삶이라면 대박을 내야 하지 않을까? 물론 내가 생각하는 대박이 돈 대박을 뜻하는 건 아니다. 돈 대박 나면 감옥 가는 세상 아닌가. 난 감옥 가긴 싫다. 그러니까 절대로 재벌 따위는 되지 않을 것이다.

그저 이 삶이 끝날 때 클로징 멘트로 "브라보! 후회 없는 삶이었습니다. 아주 즐거웠어요. 지금까지 홍수연이었습니다." 하고 끝낼 수 있는 것. 그게 내가 꿈꾸는 대박 인생이다.

생활의 기술

내가 운전면허를 따려고 했을 때 울 엄마는 반대를 하셨다. 여자가 기술을 가지면 꼭 그 기술을 써먹으며 살게 된다는 논리였다. 운전기사 부리며 살아야지 운전하고 다닐 거냐며. 나는 배꼽을 잡고 한껏 웃어대곤 운전면허를 땄다.

운전하는 기술을 갖게 된 나는, 불쑥불쑥 숨이 막힐 때마다 운전을 한다. 창문을 내린 채 바람 소리 반, 음악 소리 반 들으며 자유로 끝 임진각까지 가서 자판기 커피를 한잔 마신다.

김치 담그는 기술이 있던 나는, 잠시 머물렀던 뉴질랜드에서 유학생들 집에 차례로 초대되어 김치를 담가주곤 했다. 어떨 땐 얼굴도

모르는 이들 집에 가서 김치를 담갔다. 커다란 통으로 하나 가득 김치가 생기면 로또라도 맞은 것처럼 신나하던 그들의 표정을 지금도 잊을 수가 없다.

술에 취하는 기술이 생긴 나는, 귀신만큼 무서운 바퀴벌레를 봤을 때, 스치고 지난 공포영화 예고편 때문에 울고 싶을 때, 불현듯 혼자 갇혀있는 내가 두려울 때, 술을 마시고 취해버린다.

싸이질 하는 기술이 생긴 나는, 누군가 붙들고 주저리주저리 떠들고 싶을 때, 불가능한 시간에 미친 듯이 사람이 그리울 때, 싸이질을 한다.

‘그럼에도 불구하고’ 웃을 수 있는 기술이 생긴 나는, 속은 썩어 진물이 되어 줄줄 흐르지만 방청객처럼 웃으며 참 잘 살고 있다. 정말 어른들 말씀 틀린 거 하나도 없다.

하지만 운전하는 나를, 김치 담글 줄 아는 나를, 시도 때도 없이 싸이질 하는 나를, 아무 때나 취할 수 있는 나를, ‘그럼에도 불구하고’ 웃고 사는 나를, 부러워하는 이도 이 땅엔 참 많으니 그거면 된 거 아닌가? 사는 게 별 거 있나? 그거면 되는 거지.

이것 또한 내 생활의 기술이다.

33살, 33일 간의 산책

방송 11년차. 그 중 6년을 채운 맛대맛은 언제부터인가 완전히 내 삶의 일부가 되어 직업 이상의 의미를 갖고 있었다. 가끔은 내 자식 같다는 우스갯소리도 하며 맛대맛과 방송작가 홍작은 떼어 놓을 수는 없는 것이 되어버렸다.

1회부터 함께한 시원 오빠나 일주일에 한 번씩 놀러오는 삼촌 같은 형기 선배, 박경호 원장님. 뒤늦게 합류했지만 성격 좋은 품성 때문에 정이 폭 들어버린 강수정. 그리고 기회가 생길 때마다 소개팅 주선에 힘쓰던 안선영. 모두 가족 같고 친구 같고. 게다가 일주일에 한 번 있는 녹화를 중심으로 나의 모든 일정이 세팅되는 생활을 반복하다 보니 내 인생에서 맛대맛을 빼고 나면 뭘 어찌해야 할지 모르는 난감한 바보가 될지도 모른다는 생각도 했었다.

그랬던 내가 맛대맛을 그만둬야겠다고 마음먹은 것은 33살 화창한 어느 가을날이었다. 방송시간을 옮기면서 잠시 주춤하기는 했지만 여전히 맛대맛은 잔잔히 굴러가고 있었고, 일 년에 두 번씩 해오던 특집 프로그램과 하나의 파일럿 드라마 프로그램까지 맡게 되어 그야말로 최고의 호황을 누리고 있던 그때 말이다.

나는 왜 갑자기 모든 걸 그만두겠다는 생각을 했을까? 그건 아주 깊이 사랑하며 공기처럼 호흡하게 되어버린 일과, 생전 처음 하는 작업이라 뒤죽박죽 서툴지만 그래서 더 날 자극하게 만드는 일 사이에서 비교된 나 스스로의 자세 때문이었다.

서른이 넘으면서 이제 어느 정도 안정지향적인 삶을 원하고 있는 줄 알았는데 난 여전히 새로운 도전과 자극 앞에서 짜릿한 살맛을 느끼고 있었다. 그게 나였던 것이다. 그런 나 자신의 모습을 까맣게 잊고 있었던 것이다.

작은 충격이었다. 안정과 변화, 여유와 긴장감, 성취와 도전, 자기방어와 좌절. 끊임없이 대립하는 두 가지의 선택 속에서 과연 내가 지금까지 취한 것들이 맞는 것일까? 지금의 탄력대로 쭉 살아가는 것이 10년 뒤 내가 후회하지 않는 결정이 될까?

매일같이 이걸 먹을까 저걸 먹을까, 요걸 입을까 조걸 입을까를 고

민하면서 정작 인생의 큰 줄기를 바꿔 놓을 수 있는 선택에는 너무 인색했다는 자책이 들었다.

그래서 모든 것으로부터 떠나 아무 것에도 속한 것이 없는 상태가 되어, 혈혈단신 철저한 혼자가 되어 인생 상반기를 총정리하고 중·후 반기를 디자인하는 시간을 나에게 주기로 했다. 그래서 자식 같은 맛 대맛도 놓아버리기로 한 것이다.

깊은 고민 끝에 힘들게 말을 꺼내고 마지막 녹화를 준비하는 몇 주 동안 혼자 참 많이 울었다. 다른 사람 앞에서 흘릴 눈물이 말라버 릴 때까지 혼자 숨어서 쏟고 쏟아냈다.

그리고 웃으며 마지막 녹화를 마친 며칠 후, 나는 33일 간의 전국 일주를 떠났다. 차에 이것저것 필요한 옷가지며 카메라, 미련, 후회, 조바심 따위를 싹 싣고서 떠났다.

처음엔 인적 드문 외진 곳에 위치한 유스호스텔에서 잠들기가 무 서워 문을 걸어 잠그고 밤을 지새운 적도 많았고, 식당에 혼자 들어 가기가 망설여져서 한참을 빙빙 돌다 간신히 문을 연 적도 많았다. 하지만 하루, 이틀, 시간이 지나면서 차츰 혼자라는 사실을 담담히 인정하며 받아들이고 아주 편안한 마음이 되어가고 있다.

이 짧은 33일 간의 여행이 33년간의 내 인생을 돌아보고 복습하는 아주 훌륭한 시간이 되어가고 있음을 느꼈다.

33살. 삼삼한 나이. 무얼 시작하기에는 조금 늦은 듯하고 그냥 있자니 조금 아까운 나이. 하지만 그 덕분에 무얼 시작해도 더 열정적일 수 있고 그냥 있어도 조급할 게 없는 나이. 이 감사한 나이 33살에 떠난 33일간의 느린 산책. 이 산책이 끝나고 나면, 더욱 선명해진 내 길을 운동화 끈 꽉 동여매고 달릴 것이다.

철저히 혼자가 될 수 있는 공간

기억은 잘 안 나지만, 엄마 뱃속이 딱 그런 느낌일 것 같다. 내 한 몸 딱 맞아 떨어지는 좁지만 안락한 공간.

끊임없이 들리는 적당한 소음. 때 되면 밥 주고, 때 되면 물 주고, 정신 건강에 좋은 영화도 틀어주고, 음악도 들려주고.

그래서 난 비행기 여행을 좋아한다. 한두 시간 짧은 여행보다 그 환경에 푹 흡수될 시간이 충분한 장거리 비행기 여행을 좋아한다.

돌발상황이 생겨 뉴욕에 갔다 그냥 바로 돌아온 적이 있다. 코미디언 이영자를 MC로 기획한 코너였는데 뉴욕행 비행기에 타고 있는 동안 한국에서 다이어트 파문이 터진 것이다. 일이 일파만파로 커지면서 본인이 직접 해명을 하지 않으면 안 되는 상황이 되었고, 탑승이 가능한 바로 다음 비행기로 돌아왔다. 그때 얘기를 하면 다들 혀를 끌끌 차지만 난 그리 나쁘지 않았다.

비행기를 실컷 탔기 때문에.

내 생애 첫 장거리 비행기 여행. 나홀로 전화번호 하나 달랑 들고 뉴질랜드에 갔더랬다. 싱가폴에서 비행기를 한 번 갈아타는데 어리버리 잔뜩 긴장을 해서는 눈치만 보다가 어찌어찌하여 공중전화를 찾아 부모님께 전화를 걸었다.

마냥 신통해 하시던 부모님과 울컥 치미는 눈물을 억누르느라 정신이 없었던 나.

졸업 후 진로문제로 아버지와의 심한 갈등이 이어지면서 일종의 반항심에 모아놓은 돈을 탈탈 털어 한 달이 넘는 뉴질랜드 여행을 떠나온 참이었다. 공항에 혼자 가겠다고 끝까지 아버지와 싸운 후 비행기를 탔는데 타는 순간부터 후회를 하기 시작했다. 싱가폴에서 들은 아버지 목소리에 온 마음의 가시를 뽑아내고 유순한 큰딸로 돌아갔었다.

그 여행이 끝나고 돌아오는 비행기 안에서 나는 대학졸업 후 진로에 대한 확실한 계획을 세웠고, 인턴 개념으로 방송국 아르바이트를 시작한 것이 그대로 말뚝을 박아 지금까지 이른 것이다.

그 후로도 인생의 중요한 터닝 포인트마다 비행기 여행을 했다. 첫

classic
sun up
Ballantyne
PURE CREAMERY
Butter
KOREAN RED
PEPPER PASTE
쇠고기볶음
고추장
15g

사랑과 헤어진 허한 마음은 미국에 있는 친구의 결혼식에 다녀오면서 수습했고, 아주 좋은 제의가 들어와 방송을 그만둘까 고민하던 것을 홍콩행 비행기 안에서 정리했다. 믿었던 사람에게 큰돈을 떼일 뻔하고 충격에 빠져 있을 때는 마침 독일 월드컵 출장이 잡혀 추스를 수 있었다.

엄마 뱃속에 한번 들어갔다 나오면 확실히 뭔가가 달라진다. 사람이 대화할 상대가 없어지면 자기 자신과 대화를 하게 된다. 자신과의 대화 이외에 어떤 할 일도 없는 시간을 보내고 나면 결국, 진짜 나를 위한 선택이 무엇인지를 알게 되는 것 같다.

꼭 비행기가 아니더라도 엄청난 집중이 필요할 때 숨어들어갈 엄마의 뱃속 같은 공간을 하나쯤 만들어 두는 건 운전면허보다 중요한 거다. 결국 나 혼자 살아가야 하는 세상이라는 걸 아주 자상하게 알려주니까 말이다. 철저히 혼자가 될 수 있는 공간. 엄마의 뱃속은 확실히 위대하다.

내 엄지발가락의 별명은 홀맨

여행을 가면 절대 빼놓지 않는 통과의례가 있다. 바로 발도장 찍기. 여기가 어딘지 짐작할 수 있는 곳에 내 발을 놓고, 그 발 사진을 찍는 것이다. 그 습관이 언제부터 생겼는지는 정확히 기억나지 않는다.

셀카에 재능이 없는 관계로 찍어줄 사람이 없을 때 다녀왔다는 증거사진을 남기고 싶어서 시작되었던 것 같고, 찍다 보니 못생긴 내 발에 연민이 생겨 꼭꼭 챙겨서 찍게 되었다.

(다른 곳도 그다지 뷰티풀 하진 않지만) 내 발은 참 웃기게 생겼다. 토실토실 발가락 마디마다 살이 올라 있고, 새끼발톱은 돋보기로 찾아야 할 만큼 작다. 터질 듯 살이 찐 가운데 폭 박혀 자리 잡은 엄지

발톱 덕분에 내 엄지발가락의 별명은 홀맨이다.

여름이면 다들 알록달록 이쁜 색칠로 시원한 발 매무새를 꾸미지만, 내 발에 그런 행위를 한다는 건 갓난아기 귀에 링 귀걸이 달아놓은 꼴이다. 어느날 신경 안 쓰고 내팽겨 쳐놨던 발 사진을 보고 있는데, 참 미안한 마음이 들었다.

"제일 밑바닥에서 제일 고생하는 너를 제일 못생겼다는 이유로 외면하고 살았구나. 미안하다, 홀맨아. 앞으론 너에게 아주 특별한 선물을 하나씩 주마." 하고선 시작되었던 게 발사진 찍기였다.

어딜 가서 얼굴 들어간 사진 한 장 못 찍더라도 발사진은 꼭꼭 찍었다. 그렇게 찍은 발사진이 하나, 둘, 늘어갈수록 못생긴 내 발은 특별해졌다. 무언가를 특별하게 만든다는 것. 그것이 특별해서가 아니라 내 마음이 특별하다면 가능한 일이다. 특별하지 않은 내 인생을 특별하게 만드는 일.

앞으로도 나의 발도장 찍기 놀이는 계속될 것이다. 쭈우우우욱~

P.S.1_내 삶의 발자국을 축복하며…

골든 미스 & 골빈 미스

요즘 유행하는 골드 미스라는 말을 처음 들었을 때는 이 시대에 넘쳐나고 있는 수많은 올드 미스에 대한 인간적 예의와 위로를 담은 계몽적 단어라고 생각했다.

그러던 것이 어느새 트랜드세터라고 추앙받더니만, 골드 미스를 겨냥한 마케팅 상품과 기획이 쏟아지고, TV 드라마 속 여주인공들은 나이 먹고 말발은 강해진 30대 이상의 여자들로 전면 교체되었다. 또, 금융권에선 똑똑한 골드 미스라면 꼭 들어야 할 금융상품을 팔고, 골드 미스들의 삶과 실상을 분석한 다큐멘터리도 폭발적인 반응을 얻었다. 무슨 수학 정석도 아닌데 골드 미스로서의 품위를 유지하며 사는 방법을 안내하는 지침서까지 서점에 깔려 있다.

골드 미스를 다루는 모든 매체는 몇 가지 수치로 자격조건에 대해 표기하고 있다. 70년대 언저리 출생, 연봉 얼마 이상, 전문직 종사, 자기관리에 과감한 투자를 아끼지 않고, 결혼은 선택이라고 생각, 어쩌고저쩌고.

골드 미스보다 조금 낮은 연봉을 가지고 있으며 학벌도 조금 소박한 경우는 실버 미스로 분류한다. 골드 미스와 실버 미스의 소비성향에 대해서도 아주 고상한 단어들로 정리를 해놨는데, 요약하면 골드 미스는 안 아끼고 팡팡 쓰고 실버 미스는 실속을 따져가며 소심하게 지른다는 것이다.

골드 미스에 대해 그나마 좀 그럴싸하게 포장한 경우에는 '구매력이 높고 최신 패션과 유행에 민감해 소비 트렌드를 주도하지만 뛰어난 정보력도 함께 갖고 있어 합리적 소비를 하고, 평소엔 알뜰한 성향을 보이지만 해외여행이나 명품 문화 향유에는 과감하다.' 라고 설명한다.

그런데 이런저런 골드 미스라는 단어가 끼어 있는 글들을 읽다 보면 난 왠지 화가 난다. 마치 돌잔치상 앞에 억지로 앉혀 놓은 아이를 어르고 달래 까꿍 해가며 돌잡이를 시키고 있는 것 같다. 엄마는 돈을 흔들어 아이의 관심을 끌려고 하고 아빠는 연필을 쥐고 재롱을 떠는 것 같다. 즉, 있어 보이는 미사여구와 전문용어를 총 동원해 골드 미스 당사자들의 기분이 상하지 않게 적어 놓았다.

하지만 사실 그들이 속으로 생각하고 있는 골드 미스란, '남자들과의 동등한 경쟁 강박증에 사로잡혀 미친 듯이 일만 하느라 연애도 못하고, 덕분에 어느 정도 사회적 지위와 부를 얻었지만 허전한 옆구리 달랠 방법이 없어 여기저기 다니며 돈이나 쓰는 여자들' 이기 때문에 잘 어르고 달래 꼬셔가며 돈이나 팡팡 쓰게 만들어 소비활성화에 이바지하도록 만들려는 것 같다.

하긴, 골드 미스라는 단어의 유포를 담당한 이들은 단지 손 큰 소비의 주체로서 매력을 느꼈을 테니. 더구나 현실적으로 소수인 골드 미스를 이상형으로 미화시켜 그 대열에 끼지 못하는 여성들까지 소구하려는 마케팅 측면이 강하다. 마치 그렇게 놀고 그렇게 쓰고 살지 않으면 참 한심한 인생을 사는 것 같은 착각에 빠지게 만든다. 난 그게 싫다. 화가 난다.

대부분 독신생활이 너무 좋아 독신생활을 즐기는 것이 아니고 그저 내 삶을 즐길 뿐인데. 단지 현재 독신인 것이고, 결혼을 못한다고 말하기 싫어 안 한다고 말하는 경우도 많고. 소비성향이야 사회적 부추김에 마지못해 휩쓸리는 것도 어느 정도 사실이고. (일종의 품위유지라고나 할까?)

몇 년 전 한 카운슬러가 나한테 이렇게 충고했다. 당장 명품 가방을 하나 사라고. 이제 내 정도의 나이가 되면 만나는 사람들의 부류

RADIOHEAD
the band
ROXY MUSIC

가 달라지는데 그들은 나의 차림, 나의 가방, 나의 머리모양을 보고 나를 판단한다고. 그러니 사치가 아닌 투자의 개념으로 명품을 사라는 것이었다. 어허, 골드 미스 노릇하기가 만만한 게 아니다.

내가 본 다큐멘터리에 출연한 골드 미스 중 하나는 이렇게 말했다. '대부분의 여성들이 동경은 하지만 정작 본인은 그렇게 살고 싶어 하지 않는 삶' 그게 골드 미스의 실제 삶이라는 것이다.

그녀가 씁쓸한 미소를 지으며 왜 그렇게 말을 했는지 나는 너무나 잘 알 것만 같다. 대부분의 골드 미스들이 치열하게 살아온 이유는, 누런 신용카드가 아닌 황금빛 인생 때문인데 말이다. 구찌백 들고 에르메스 시계 찼다고 황금빛 인생이 될 수는 없는 법인 것을.

적어도 나는 우르르 유행에 휩쓸려 골드 미스로 살고 싶은 생각은 전혀 없다.

골든 미스라면 또 몰라도 말이다. '골빈 미스'가 아닌 '골든 미스' 말이다.

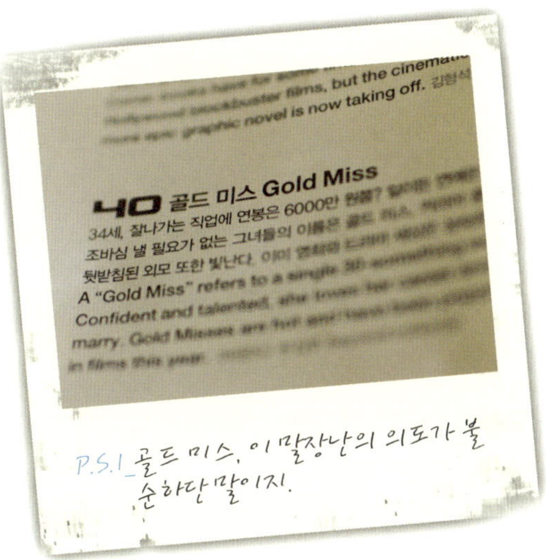

2027년 10월의
어느 멋진 날

내 이름은 홍수연이다. 소싯적 방송국을 시끄럽게 만들며 들락날락 할 때는 홍작이라는 별명으로 더 많이 불리던 방송작가였다. 어려서부터 음식을 만드는 것, 먹는 것에 유난히 관심이 많았던 나는 학업에 전혀 재능이 없었던 한양대학교 3학년 재학 중에 미련 없이 휴학계를 내고 KBS의 <알고 먹읍시다>라는 프로그램의 막내작가로 방송판에 뛰어들었다.

이후 SBS <한선교의 좋은 아침>을 하면서는 김대중 대통령을 섭외하기 위해 이희호 여사가 다니는 교회에 찾아가기도 하고, 이명박 당시 서울시장 후보를 섭외하기 위해 114에 전화해 이명박 씨 댁 전

화번호를 물어보기도 했다. <좋은 세상 만들기>를 하면서 한 달의 반을 지방에서 생활하기도 했고, <초특급 일요일 만세>를 할 때 보름동안 방송국 프로그램 사무실에서 밤을 새우는 기록을 세우기도 했다. 그러면서도 작은 식당 하나 차려 내가 만든 음식을 남들 먹이며 살겠다는 꿈을 버리지 않았었다.

그러다가 <결정! 맛대맛>과 만났고, 그 프로그램을 하면서 식당을 하겠다는 꿈은 과감히 버렸다. 속속들이 정말 어렵고 만만찮은 일이라는 걸 알아버렸기 때문이다. 그때부터 나의 꿈은 펜션 주인장으로 바뀌었다.

서울에서 태어난 나에게는 '고향'이라는 단어에 대한 갈증이 있었다. 그래서 내 마음대로 '고향'으로 점찍은 곳이 제주도였다. (<좋은 세상만들기>를 하면서 전국의 고향을 다녀봤지만, 나와 가장 코드가 잘 맞는 고향이 제주도였다.) 성인이 된 후 심란한 고민이 있을 때마다 습관처럼 찾아왔던 곳이 제주도였고, 마당 있는 집에서 한 번도 살아본 적이 없는 나는 이 섬 제주에 너른 마당이 있는 예쁜 집을 짓고 오가는 손님들의 사는 이야기를 엿들어가며 사는 것이 삶의 로망이 되어 버렸다.

지금 나는 감사하게도 그 로망을 이루었다. 서쪽 창을 열면 수줍은 몇 개의 오름이 보이고, 동쪽 창을 열면 저 멀리 바다의 반짝거림이 보일 듯 안 보일 듯 그런 나무집에서 살고 있다. 그리 많지 않은 방에 손님이 꽉 차는 날이면 세상 최고의 부자라도 될 것처럼 흥이 나선 쟁여 놓은 와인을 꺼내 그들과 파티를 열곤 한다. 손님이 없는 날엔 마당에 라꾸라꾸 침대를 끌고 나가 드러누워 별 이불을 덮고 잠이 든다. 계절이 바뀔 때마다 산이며 들을 뒤져 주운 나뭇가지, 돌 따위로 돈 안 드는 인테리어 아이디어를 짜내는 것도 신나는 일이다.

식당을 하고 싶었던 소원도 풀었다. 펜션 한쪽에 작은 테이블과 주방이 있는 밥집을 만들어 손님들 아침밥을 만들어 대기도 하고, 입소문 듣고 찾아온 이들에게 비장의 요리를 만들어 내놓기도 한다.

이 섬으로 들어올 때 나를 만류한 지인들도 많았다. 누구보다도 요란하게 살던 내가 그 조용한 곳에서 며칠이나 버티겠냐고. 사실 가끔씩은 평온하다 못해 지루한 일상을 던져버리고 싶기도 하다. 하지만 그럴 때마다 네 마음대로 하라며 껄껄 웃어주는 평생지기 덕분에 조금만 더 이리 살아보자 싶어 엉덩이를 붙이고 있다.

내일부터는 피아노를 배워볼 생각이다. 초등학교 때 체르니 30번까지 치고 그만둔 피아노. 이제 악보를 보는 것도 가물가물하지만 주름이 자글자글한 굳은 손이 풀려가는 동안 뭔가 또 새로운 꿈을 꾸어볼 수 있을 것만 같다. 도레미, 도레미 건반을 두드리며 내 환갑잔치에 피아노 리사이틀을 열겠다는 꿈을 꿀 수도 있고, 내 평생지기의 생일날 감동적인 러브송을 연주해 주겠다는 꿈을 꿀 수도 있겠지.

여전히 꿈을 꾸기 위해 여기저기 기웃거리는, 나는 방송작가 출신의 펜션지기 홍수연이다.

– 2027년 10월의 어느 멋진 날, 제주의 사랑스런 나의 집에서

기막힌 빈곤 체험 30일

워낙에 생각이 많고 소심한 A형 여자. 생기지도 않은 일에 대한 걱정으로 날밤을 새기 일쑤이지만, 일단 결정을 하고 나면 어떤 계산이나 망설임도 없이 지른다. 그런 성격 탓에 주변 사람들이 놀라는 대형 사고를 가끔 치는데 독립도 그 중 하나였다.

식구도 많지 않은 집에 살면서 내가 독립을 할 명분은 전혀 없었다. 아니 할 생각도 없었다. 워낙에 시골선비 같으신 우리 아부지는 아들, 딸 시집, 장가 보내는 게 세상에 태어난 목적이고 이유이신 분이다. 대학도 가지 말고 빨리 시집가라던 아부지에게 전국팔도도 모자라 해외까지 들쑤시고 다니는 방송작가 딸이 마냥 곱게 보이지만

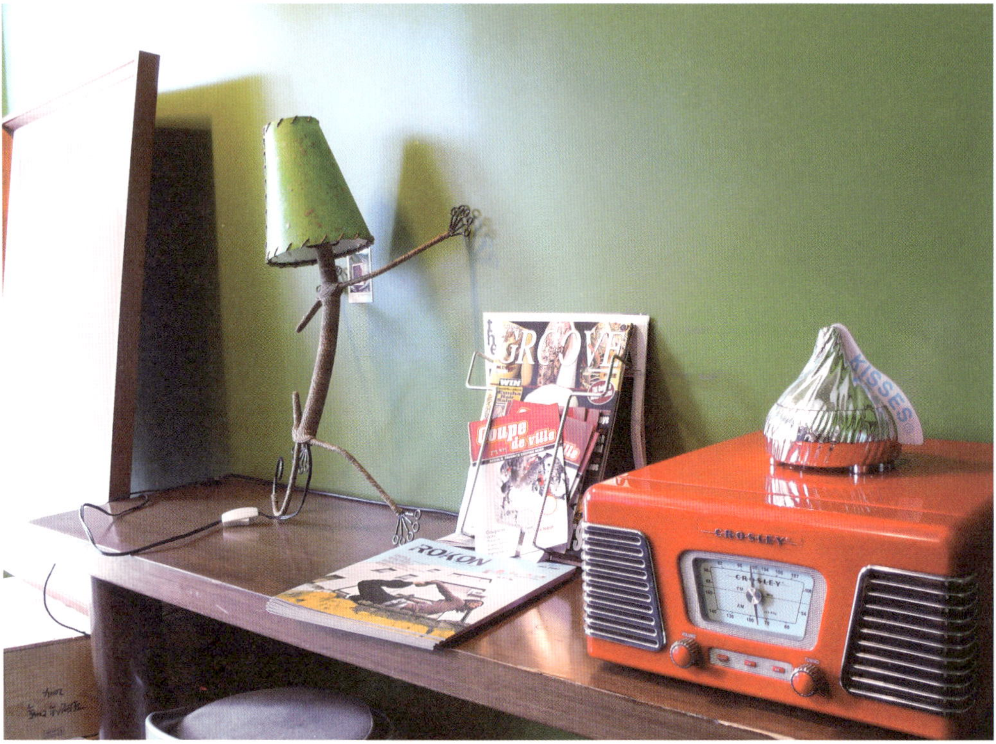
GROOVE
coupe de ville
ROKON
CROSLEY
KISSES

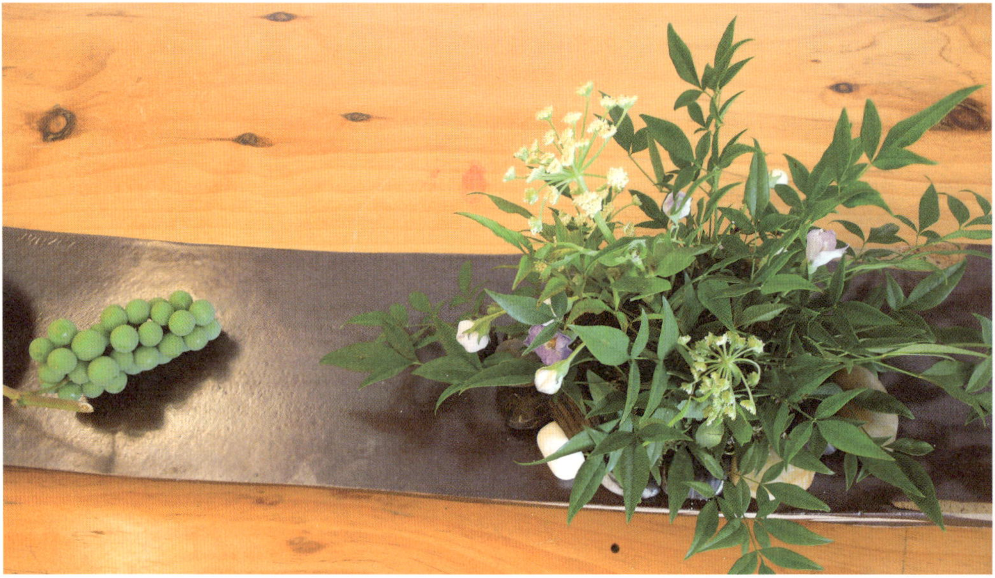

은 않았을 터이다.

그나마 TV에 딸내미 이름 석 자 나오는 게 뿌듯하여 잠잠하던 잔소리는 28살이 지나면서 독해지기 시작했다. 하지만 사회생활을 하면서 쌓인 내공 덕에 내 편임이 분명한 부모님의 잔소리 정도로는 흔들릴 내가 아니었다.

시간이 나면 아부지랑 삼겹살에 소주 한잔 마시며 위문공연을 하기도 하고, 따르는 남자가 한 다스라 하나 골라잡기만 하면 되는데 쉽지가 않다며 너스레를 떨기도 했다.

그렇게 버티던 것이 30대를 몇 달 앞둔 즈음에 상황은 극에 달했다. 주말에 집에서 쉴라치면 약속도 없냐며 구박, 없는 약속 만들어 나가면 쓸데없이 놀고 다니느라 그 모양이라며 구박, 밥을 먹으면 밥을 먹으며 구박, TV를 보면 TV를 보며 구박. 친구분 아들딸 청첩장이라도 날아오면 정말 끝장이었다.

그러던 어느 날, '아, 이제 정말 안 되겠구나' 하는 생각이 들었다. 결국 준비하는 일이 많아져서 작업실이 필요하다는 핑계로 은근슬쩍 독립을 선언했고, 결심을 하고 짐을 옮기기까지는 한 달이 채 안 걸렸다. 그렇게 대책 없이 저지른 나의 독립생활이 시작되었다.

독립한 첫날 밤, 나는 노트를 펴 놓고 앞으로 장만해야 할 물건들의 리스트를 작성했다. 그걸 중요도에 따라 3단계로 구분하고 예상 수입과 지출 계획표를 만들었다. 과연 독립은 장난이 아니었다. 매달

나갈 관리비와 월세도 허걱. 이미 오피스텔 보증금과 가구, 가전제품 구입비용 덕분에 통장의 잔고는 몇 만원밖에 안 남았다.

이대로 가다가는 화려한 독립은커녕 제대로 파산이다. 도저히 답이 안 나오는 상황에서 나는 뭔가 돌파구를 찾아야 했다.

그래서 시작한 것이 독립 안정 프로젝트, '빈곤 체험 30일'.

사실 말이 좋아 체험이지 그건 선택의 여지가 없는 현실이었다. 일단 한 달간 최저 생활비로 버티고 그 결과에 따라 연장 여부를 결정할 생각이었다. 자주 만나는 친구들에게 이 사실을 알리고 앞으로 한 달간 모든 밥값을 대신 내달라고 당당히 요구했다.

그리곤 할인마트에 갔다. 내가 구입한 것은 시리얼 1상자와 박력분 1봉지, 20개의 라면. 시리얼은 아침 식사용이었고, 박력분은 손님이 올 경우에 대접할 김치전을 만들기 위한 사교용, 그리고 20개의 라면.

한 달 간의 스케줄을 꼼꼼히 체크해 보니 집에서 식사를 해야 할 경우가 12번쯤 생길 것 같았다. 친구와 함께 먹을 경우와 예상치 못한 경우까지 대비해서 총 20인분의 식사를 라면으로 준비한 것이다. 하지만 평소에 라면을 좋아하지 않기 때문에 좀 서글퍼졌다. 그래서 또 생각한 것이 '궁극의 라면 찾기 프로젝트'.

20개의 라면을 모두 다른 종류로 사서, 먹을 때마다 어떤 특징이 있고 뭐가 제일 입맛에 맞는지를 알아보기로 한 것이다. 그러면 돈이 없어 라면을 먹어야 하는 궁핍한 현실은 최고의 라면을 찾아가는 신나는 이벤트로 변한다!

단짝친구와 장을 보며 나의 '빈곤 체험 30일'과 '궁극의 라면 찾기 프로젝트'를 설명하니 기가 막힌다는 표정을 짓다가 한마디한다.

"너의 불행은 왜 항상 코미디로 끝나냐?"

스스로 단지 코미디일 뿐이라고 위로하며 한 달간의 초절정 궁핍 생활을 치러냈고, 한 달 생활비 15만원이라는 기록을 세우며 나의 '빈곤 체험 30일'은 무사히 끝났다. 덕분에 갑작스런 독립으로 인한 파산 사태를 막을 수 있었다.

'궁극의 라면 찾기 프로젝트'도 우여곡절 끝에 막을 내렸다.

그 결과, 내가 찾아낸 최고의 라면은 제일 첫날 먹었던 라면이다. (그게 무슨 라면이었는지는 생각도 나질 않지만)

반짝반짝

<내 이름은 김삼순>에서 희진이는 꼭꼭 간직했던 사랑을 막상 꺼내놓고 나니 그 빛이 예전 같지 않음을 느낀 순간, 다니엘과 함께 낙지볶음을 먹으러 가서 '반짝반짝'에 대해 얘기했었지. 그녀처럼 나도 '반짝반짝'에 대해 생각하게 되었다. 나도 반짝이던 때가 있었다.

궁핍했던 독립 초기, 완전 맘에 드는 앤틱 스탠드를 발견하곤 일주일 동안 매일 찾아가 바라만 봤다.

몇 십만 원의 가격에 엄두가 안나 쇼윈도 밖에서 하염없이 바라보며 반짝반짝. 오늘도 팔리지 않았음에 안도의 한숨을 쉬며 반짝반짝. 그런 나를 불쌍하게 여긴 주인 덕에 엄청나게 할인받은 가격으로 결

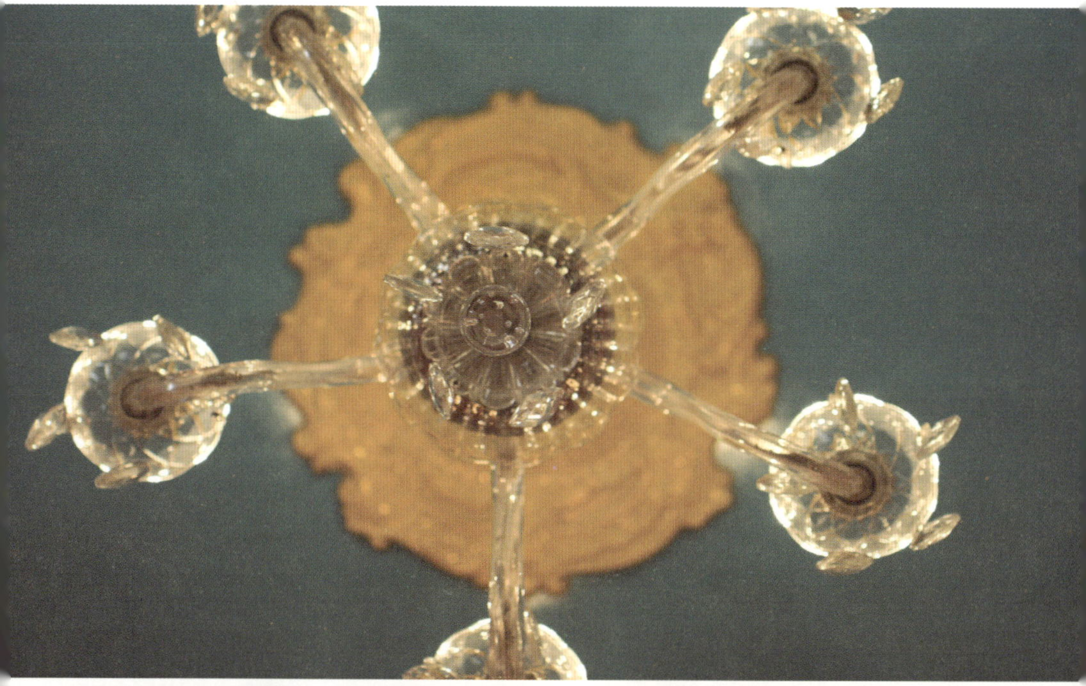

국 내 것으로 만들었다. 그게 집에 배달되어 오던 날 밤새 껐다, 켰다
를 반복하며 얼마나 반짝였던가.

공돈이 생긴 기념으로 몇 천 원어치 리시안셔스를 사다 꽂아 놓고
도 며칠을 반짝였었지. 이제 더이상 그런 소소한 것들은 날 반짝이게
하지 않는다. 어쩌면 비슷하게 반짝임 상실증상을 겪는 그녀들이 다
시 반짝이고 싶은 몸부림의 일종으로 명품에 집착하는 것일지도 모
르겠다.

좋은 사람 소개시켜준다는 말 한마디에 오만 가지 로맨틱한 상상
을 하며 반짝반짝. 폭탄을 맞고 또 맞으면서도 혹시나 하는 기대에
반짝반짝. 열 번은 넘게 본 <러브 어페어>를 다시 보면서 놓쳤던 감

동 대사를 발견하고 반짝반짝. 그런 운명적인 사랑을 믿어 의심치 않으며 반짝반짝. 아무 내용도 없이, 그저 '쪽'이라는 한 글자 날아온 문자메시지를 보며 반짝반짝. 남들 모르게 뭔가 확인하는 척, 그 문자를 보고 또 보며 반짝반짝.

그렇게 과거의 나는 사소한 무엇에도 반짝일 수 있었는데 말이다. 하지만 나는 이제 더이상 쉽게 반짝이지 않는다. 절대 닮고 싶지 않다고 생각했던 '어른들'의 표정, 언제부터인지는 모르겠지만 나도 이미 그 표정이 되어버렸다.

세상의 모든 반짝이는 것들은 사실 가장 반짝이지 않는 것이라고 한다. 반짝임이란 빛을 받아들이지 않고 모두 밀쳐내는 과정에서 생기는 것이기 때문이다.

그렇다면 더 이상 반짝이지 않는 내 깊숙한 곳에 이제야 진짜 반짝이는 무언가가 생긴 것은 아닐까?

보물찾기 하듯 그걸 끄집어내는 노력이 인생 상반기를 마치고 중반기에 들어선 나의 숙제일지도 모르겠다.

맨밥에 참치캔 하나

다 늦은 밤에 어이없이 눈물 두 방울을 떨군 이유는 단순하다.

'결식학생 지훈이 하루, 맨밥에 참치캔 하나'

네이버에서 쓱~ 지나는 눈길로 제목만 보았을 뿐인데, 순간 콧등이 찌릿해지더니 눈물 두 방울이 똑·똑· 떨어졌다. 구체적인 사연은 읽어 볼 필요도 없었다.

'맨밥에 참치캔 하나' 가 그 아이의 궁핍한 현재를 모두 말해 주고 있었다. 노릿하게 바랜 흰 티셔츠를 입고, 짧게 자른 머리를 한 사내아이 하나가 그렇게 슬프지도, 힘들어 보이지도 않는 아주 무덤덤한 표정으로 밥을 먹고 있다. (장판은 노란 비닐 장판이고, 신문지를 깔았을 것이다.)

스테인레스 국그릇에 대강 담은 밥과 뚜껑을 따놓은 참치캔 하나. 젓가락도 필요없이 숟가락만 들고 꾹꾹 밥을 퍼먹고 있다. 아주 기계적이고 감흥 없는 동작. 순간적으로 휘리릭 내 뇌리를 스친 영상이다. 일종의 직업병이다.

나는 그렇게 밥을 먹고 있는 사람이 무조건 슬프다. 웃음 없이 꾸역꾸역 밥을 먹고 있는 사람을 보면 마음이 너무 아프다. 가끔은 나 자신의 그런 모습에 눈물이 나기도 한다. 머리와 마음은 멀리 마실 나갔는데 몸은 살겠다고 수저를 들고 꾸역꾸역 밥을 퍼 먹을 때, 한

숟가락, 두 숟가락 퍼먹다가 불현듯 다른 사람의 시선으로 나 자신을
보게 되면 정말 서럽다.

다 먹고 살자고 하는 일이라는 말이 있다. 금강산도 식후경이다.
먹고 죽은 귀신이 때깔도 좋은 법이다. 다른 건 몰라도 밥 먹는 게 부
끄럽지는 않게, 최소한 밥은 나눌 수 있게, 밥 얻어먹을 사람은 끊이
지 않게 그렇게 살아야겠다.

백 마디 욕보다 더 와 닿았던 그 말.

"밥은 먹고 다니냐?"

롤러코스터

인생은 롤러코스터다.

좋든, 싫든, 무섭든, 재밌든.

일단 올라탄 이상 별 수 있나 달려야지, 음악이 끝날 때까지는.

착착착착 유유히 정점을 향해 올라갈 때는 마냥 여유롭다.

하늘도 보고, 뒷사람도 돌아보고, 저 아래를 보고 손도 흔들고.

그러다 어느 순간 제대로 곤두박질.

캬~~ 죽거나 혹은 까무러치거나.

빙글빙글 정신없이 돌아가기도 하고, 어두운 동굴 속을 달리기도
하고.

앗! 무섭다고 너무 소릴 질러대면 주변사람들 몹시 피곤하다.

(나말이다.)

손 꼭 잡아줄 사람이 옆에 있다면 훨씬 낫겠으나, 그게 아쉬워 아무나 앉혀 손을 잡을 순 없지 않겠나.

자칫, 잡은 손이 더 번거로워질 수도 있으니 줄을 잘 서서 가운데쯤 앉으면 다행이다.

재수 없어 맨앞이나 맨뒤에 앉으면 절망적이지.

그래도 어쩌겠어.

인생은 롤러코스터다.

단 한순간도 멈춰 있을 수가 없다.

완전한 에너지 보존의 법칙이 인생을 지배한다.

고통도 쾌락도 상처도 행복도 지나고 보면 플러스 마이너스 제로다.

그리 생각하고 나면 뭐 딱히 절망적일 것도 마냥 들뜰 이유도 없다.

까짓것 한 번뿐인 롤러코스터에 올라탔으니 맘껏 즐겨 줄 테다!!

자기방어

동물의 보호색과는 비교가 안 될 정도로 인간이 가지고 태어나는 자기방어 본능은 대단하다.

극복할 수 없는 위기상황이란 판단이 서면, 머리로 통제할 수 없는 마음속까지 완벽하게 달라진다.

한 쌍의 남녀가 있다.

긴 세월 온갖 우여곡절을 거치며 관계를 유지한다.

남자에게 다른 여자가 생겼다.

여자는 아파하고 슬퍼하고 힘들어하며 그를 기다린다.

세상은 그런 그녀의 순애보를 칭송하고, 그 힘으로 그녀는 더 버티

고 결국, 그런 그녀에게 사랑이 돌아오는 시나리오다.

사실은 그게 아니다.

그녀는 본능적으로 기다림에 승산이 있다는 것을 안 것뿐이다.

남자에게 다시 다른 여자가 생겼다.

여자는 한순간에 마음을 정리한다.

후회하지도, 저주하지도, 그렇다고 행복을 빌어주는 것도 아니고

그냥 마침표를 찍는다.

갑자기 그녀가 쿨해진 걸까? 이제는 지친 걸까?

사실은 그게 아니다.

결국, 이번 판엔 승산이 없음을 본능적으로 알아버린 것이다.

자기가 다칠 것임을 알고 그리한 것이다. 자기방어다.

아, 인간의 자기방어 체계원리를 터득한 나는, 바퀴벌레에 대한 장기방어력만 갖추면 완벽한 울트라 캡숑 원더우먼이 될 것이다!

To be continue

'신데렐라와 왕자님은 오래오래 행복하게 살았대요.'

'백설공주는 왕자님의 성에서 행복하게 살았대요.'

'아기 돼지 삼형제는 늑대를 물리치고 행복하게 살았대요.'

엄마가 읽어주거나 한글을 깨치고 더듬더듬 읽었던 대부분의 동화들은 그렇게 마침표를 찍었다.

하지만 이만큼 살아 보니 세상에는 살벌한 마침표가 훨씬 많다.

사실, 마침표라는 것이 그렇다.

단호하게 찍기 전에 가는 선 하나 더해 주면 느낌표가 되는 법!

끝내려는 마음이 복잡스러워 잠시만 헷갈려도 물음표가 되는 거 아닌가?

확 찍어놓고 약간의 미련만 흘려도 쉼표가 되는 것인데,

머뭇머뭇 아쉬운 마음에 점 몇 개만 더 찍으면 말줄임표…

매정하게 점 하나 팍 찍어버리고 끝이라니.

'신데렐라와 왕자님은, 철천지원수가 되어 아는 척도 안 했대요.'

'백설공주와 일곱 난장이는, 그 후로 상종도 안 했대요.'

'힘이 센 늑대가 당연히 돼지 삼형제를 잡아먹고 잘 살았대요.'

마침표를 찍을 정도의 상황이 사실 그렇지 않은가?

그걸 아는 어른들은 왜 그런 마침표를 찍었을까?

불가능한 바람을 담은 속내였겠지.

아이들이 살면서 치러내야 할 모질고 냉정한 현실에 대한 위문공연 같은 거겠지.

지독하게 아픈 주사를 맞히기 전에 '괜찮아, 하나두 안 아퍼.' 하는 것과 같다.

하지만 그건 옳지 않다.

어린 양들의 마음을 너무 말랑말랑하게 만들어 장차 닥칠 거친 풍파에 더욱 휘둘리게 할 뿐이다.

내가 만약 내 아이를 위한 동화를 쓴다면 이렇게 마무리하겠다.

'신데렐라와 왕자님은 결혼을 했어요. 그 후로 어떻게 살았을까요?'
'백설공주는 왕자님을 따라갔어요. 과연, 둘은 어디로 갔을까요?'
'아기돼지 삼형제는 늑대를 일단 물리치긴 했어요. 그래서 무사했을까요?'

물음표 이후의 이야기는 당신의 몫이다.
그렇게 이야기는 계속된다.
투 비 컨티뉴(To be continue).

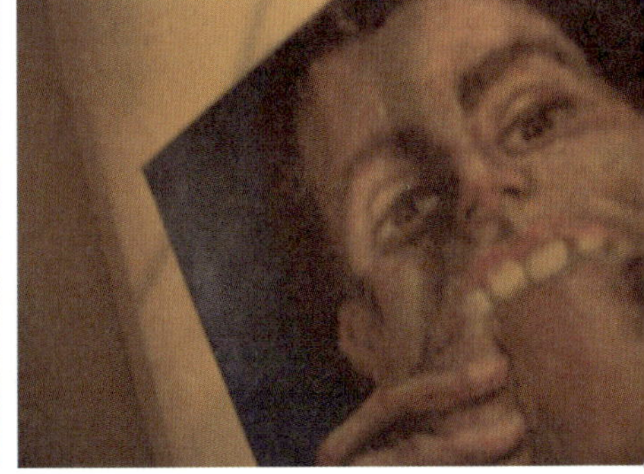

걸레의 환골탈태

집안에 콕 틀어박혀 세수도 안 하고 보내는 주말엔 꼭 대청소를 한다. 쓸고 닦는 건 기본. 잡동사니 가득한 서랍, 냉장고를 열어 버려야 할 것들을 과감히 버릴 때의 쾌감은 쌓인 스트레스를 푸는 데 최고다.

스트레스 해소용 청소의 순서

1. 냉장고 및 서랍을 열어 버릴 것들을 끄집어낸다. (이때 꼭 바닥에 내팽개친다.)
2. 선반, 소품 따위에 쌓인 먼지를 닦는다. (정전기 발생 청소포 사용)

3. 진공청소기를 돌린 후, 스팀청소기로 확인 사살.

4. 화장실 거품 청소. (맨발로 들어가 물을 튀겨가며 할 것)

5. 분리 수거품 및 쓰레기 갖다 버리기.

평균 세 시간 이상이 소요되는 나의 대청소.

대장정을 마치고 나서 걸레 꼴을 본다. 가관이다.

빨래판에 대고 있는 힘껏 푹푹 문지른다.

비누도 빠닥빠닥 부지런히 발라댄다.

몇 번을 헹구고 나니 대충 때가 씻겨 나가기는 했지만, 역시 우중충.

잔잔히 배어든 빨래비누 냄새가 썩 말끔해도 용서가 안 된다.

내가 사랑하는 비장의 무기. 핑크빛 오투액션을 꺼냈다.

한 스푼 떠서 솔솔 뿌리고 물을 채운다.

커피 한 잔을 마시며 싸이질을 하다가 다시 걸레를 찾아간다.

역쉬~ 내 사랑 핑크빛 오투액션. (완벽하진 않지만)

어느새 내 걸레는 썩 말끔한 타월지가 되었다.

뿌듯하게 빨래걸이에 펴서 널었다.

혼자 중얼거린다.

"아휴~ 수건으로 써도 되겠네~"

 그래도 걸레는 걸레인 것을.

왜 이다지도 깨끗하고 얌전
하고 단아해 보이는 걸까.

때를 벗어 보겠다고 용쓴 게
가상해서겠지.

장하다, 빛나는 걸레야.

발리에서 소원을 빌다

몇 년째 나의 여름휴가는 류시원의 일본 콘서트 일정과 맞물린다. 웬만해선 결방이 되는 일이 없는 프로그램이라 한 주라도 녹화를 쉴 수가 없다. 그런데 MC 류시원이 일본 전역을 돌며 콘서트를 하는 6월 중에는 2주 동안 녹화를 쉬게 된다.

물론, 그 전에 미리 제작을 해놔야 하기 때문에 1달 이상은 살인적인 스케줄을 감수해야 하지만, 다른 프로그램에서는 누리기 힘든 이른 여름휴가에 대한 기대로 다들 힘든지를 모르고 버틴다.

6월에 휴가를 떠나면 몇 가지 특혜를 누릴 수 있다. 일단, 성수기 전이기 때문에 항공이나 여행 패키지 할인을 받을 수 있고, 어딜 가

든 사람이 별로 없어서 느긋한 휴식을 즐길 수 있다. 또 불볕더위가 절정일 즈음에 냉방 빵빵하게 되는 방송국에 앉아 본업에 매진하는 것도 더위 먹을 염려 없는 건강보험 같은 것이다.

대신, 일찍 휴가를 즐기고 돌아오면 여름이 굉장히 길게 느껴지기 때문에 막판 고비를 넘기려면 때때로 응급처치를 해야 한다. 하다못해 한강 고수부지 수영장이라도 다녀와야 한다.

맛대맛 역사상 가장 피를 말린 개편 속에서 온 마음과 정신의 에너지를 다 쏟아부은 나는 오로지 6월 휴가 하나만 바라보며 살았다. 올 여름휴가에는 카메라 하나 걸메고 로마를 방문하리라 계획했었지만, 심신의 상태가 심각하여 급 요양이 필요한 지경이었다. 결국, 작년에 만족스런 휴가를 보냈던 클럽메드를 다시 가기로 했다. 분명 발리에서 뭔 일이 생길 것이라는 기대와 함께.

푸켓 클럽메드를 다녀온 후, 함께 갔던 여행 동지들은 모두 클럽메드 홀릭이 되었다. 밥이 맛있고, 즐길거리가 많고, 밤이 재밌기 때문에. 일 년 동안 각자 열심히 일하고 내년에 또 오자는 약속을 했었는데 그 멤버가 다시 뭉쳐 발리로 간 것이다.

자유롭게 골라 먹을 수 있는 다양한 컨셉의 식사. 무제한 제공되는 와인과 칵테일. 매일 밤 즐기는 신나는 공연과 파티. 흠뻑 땀을 흘리며 춤을 추다가, 옷을 입은 채로 야외 수영장에 뛰어들기도 한다. 음악소리를 들으며 둥둥 물 위에 떠서 스와로브스키 보석마냥 요란하게 반짝이는 별들을 보고 있으면, '아, 행복하다' 라는 혼잣말이 절로 나온다.

사실 이번 발리행은 '혼자 떠나는 이별여행' 의 의미도 있었다. 한 겨울에 헤어지고도 꽃이 피고 소나기가 쏟아지는 계절이 되도록 놓지 못하고 있었던 사람을 그 곳에 버리고 와야겠다는 다짐. 더 이상 미련스러운 미련 때문에 혼자 아픈 시간을 연장하지 말자는 각오.

분명, 좋은 사람들과 어울려 웃고, 떠들고, 행복한 시간을 보내다 보면 꿀꿀한 상처 따위는 아물게 될 거라는 확신이 있었다.

정말 그랬다. 신혼부부들의 염장 행각을 보면 가끔 가슴에 구멍이 뚫린 듯 휑한 마음이 들었지만, 대체로는 간만에 웃고 간만에 행복한 기분을 들게 하기 충분했다.

발리에서의 마지막 밤. 싱싱한 생 코코넛을 갈아 만든 피나콜라다 한 잔을 들고 무리에서 빠져나와 벤치에 늘어져 하늘을 올려다봤다. 슬쩍 올려다보았을 때는 안 보이던 별들이 하나 둘 요술처럼 솟아오르고 있었다. 여기도 뽕, 저기도 뽕, 뽕, 뽕, 뽕.

어느새 내 눈동자는 흐릿한 은하수까지 볼 수 있을 정도로 하늘에 적응하였고 그 하늘을 덮고 누워서 마시는 피나콜라다는 딱 한 모금

만으로도 날 몽롱하게 했다. 그때 정중앙의 하늘을 가르는 선명한 은빛 흐름, 별똥별이었다. 태어나서 처음 보는 별똥별이었다. 그 찰나의 순간 별똥별을 보고 소원을 빌면 이루어진다는 말을 떠올리기도 전에 나는 이미 소원을 빌고 있었다.

다시 사랑하게 해주세요!!

어떤 유흥과 어떤 아름다운 경치도 바꿔 놓을 수 없는 간절한 내 삶의 이유 그건 결국 사랑이었던 것일까?

Before & After

"뭐가 그렇게 좋아요?"

"그냥 편하고 너무 착해요."

"남자들은 고만고만한데 별 매력은 없는 여자한테 편하구 착하다고 하잖아요."

"저두 어렸을 땐 그랬죠. 이제 결혼도 해야 하구. 정신 차려야죠. 아무튼 지금까지 만나던 여자들하고는 뭔가 달라요."

6개월 후.

"요즘 좋아요?"

"글쎄요. 잘 모르겠어요."

"왜요? 착하고 편해서 너무 좋다더니."

"너무 착하니까 괜히 상대적으로 내가 나쁜 놈인 것 같구. 편한 건
좋은데 내가 해줄 게 아무것도 없는 것 같구 잘 모르겠어요."

그리고 얼마 후, 6개월을 사귄 그녀와 헤어졌다는 말을 들었다.

흠, 그런 것인가 보다. 오늘 선배 결혼식에서의 주례님 말씀대로

사랑은 확실히 변하는 것인가 보다. 변하긴 변하되 어떻게 변하느냐 그것이 문제로다. 아니 그보다 더 중요한 건, 어찌 변하도록 두 사람이 노력하느냐 하는 것이겠지.

완전 열심히 노력하게 만드는 야무진 믿음. 그런 믿음을 줄 수 있는 이를 찾아야겠다. 나에게 믿음을 주실 당신. 지금 어디 계십니까~

P.S.1_바람둥이 그가 또 한 명의 여자를 울렸다는 소식을 들은 어느날.

무작정 떠난
7번 국도 여행

나는 운전을 몹시 좋아한다. 하루 종일 500킬로미터를 운전한 적도 있는데 엉덩이가 좀 뻐근했을 뿐, 주차를 하고 시동을 끄고 나니 머릿속이 가뿐해지면서 훌훌 날아갈 것처럼 기분이 좋았다.

특히나 비라도 내리는 날이면 타닥타닥 차의 지붕에 떨어지는 빗방울소리를 들으며 성시경의 노래를 흥얼거리는 게 무슨 대박 보너스라도 받는 기분이다.

방송국에서 좀 안 풀리는 문제가 생긴 날이면 퇴근길에 자유로 끝까지 달려 임진각까지 간다. 그리고는 자판기 커피를 하나 뽑아들고 평화의 다리 앞을 서성이다 돌아오곤 한다. 인천공항 가는 길도 가끔

애용하는데, 통행료가 만만치 않아 점점 찾는 빈도가 떨어지고 있다. 임진각이나 인천공항 가는 길은 스피드를 즐기는 것보다는 그저 어떤 한 길의 끝까지 달렸다는 것에 짜릿한 성취감을 느끼게 한다.

다리 기브스를 풀고 온몸이 근질근질하던 지난 설 연휴, 친한 여행 동지들과 함께 무작정 여행을 떠났다. 이 나이의 명절이란 안 보이게 가라앉아 있던 부모님의 잔소리가 우르르 갑자기 끓어올라 정서적, 신체적 압박에 시달리게 만드는, 국가적 담합에 의한 거대 음모의 하나일 뿐이니 멀리 도망가는 게 상책이다.

정말 아무런 계획도 없이 모처에서 만나 출발한 우리는, 어디로 갈까 지도를 훑어보다 7번 국도를 찍었다. 속초에서 울산까지 7번 국도를 따라 달려보자고 의기투합하여, 근처 와인숍에 들러 5리터짜리 팩 와인 하나 달랑 사들고 떠난 여행.

영동고속도로를 끝까지 달려 7번 국도와 만나는 곳에 경포대가 있다. 일단 경포대에 들러 동해바다에게 첫인사를 하고, 1시간 정도 북으로 거슬러 올라가면 속초. 이곳에서 첫 번째 밤을 맞는다. 대포항에서 2만 원어치 회를 사다 여행의 시작을 축하하는 건배를 나눈다.

다음 날 낙산사에 가니 설날 떡국을 점심에 그냥 나눠주고 있었다. 왠지 어머니의 떡국보다 더 강력한 끝발이 있을 것 같은 부처님의 떡국. 남기지 않고 국물까지 싹싹 먹고 출발!

다음 목적지는 저녁 7시다. 어디를 정해두지 않고 슬슬 구경하며

내려가다가 7시 정각에 도착하는 마을에서 묵기로 한 것이다. 7번 국
도변은 끊임없이 달리는 이들을 멈추게 만드는 힘이 있기 때문에 목
적지를 정해 놓고 달리면 마음이 급해진다.

숙제하러 온 것도 아니니 천천히 내키는 대로 바닷가에 차를 세우
고 사진도 찍다가, 작은 읍내에 들러 오징어도 사고, 노을이 고운 곳
에선 그냥 한참 머물기도 하다가 7시에 도착한 곳은 임원항. 견우와

직녀처럼 등대가 마주보고 있는 곳에서 두 번째 밤을 보냈다.

다음 날 불영계곡 들어가는 길에 있는 한 손칼국수집에서 거친 메밀향이 담긴 칼국수와 구수하게 제대로 만든 손두부를 먹었다. 땡땡하게 부른 배로 온천에 가서 내 팔자가 상팔자다~ 위안도 해보며 늘어지게 몸을 푼다.

그러고는 사과 한 상자를 사들고 영덕대게와 선장님이 기다리고 있는 강구항으로 갔다. 말로만 간다 간다 하고는 엄두가 안 나던 곳인데 새해 벽두부터 예고없이 들이닥친 우리를 너무나 반갑게 맞아주신 선장님. 배가 터지도록 먹을 만큼의 박달대게를 내주시고, 그간의 이야기보따리를 풀어놓느라 시간이 가는 줄을 모른다. 부모님 갖다 드리라며 코다리까지 잔뜩 챙겨주시는 선장님과 마무리 노래방 향응까지 마치고 돌아서니 하루해가 또 기운다.

그러고 보니 영덕에도 벌써 여러 번 찾아왔다. 육지에선 서울에서 오기에 가장 까다로운 곳이라고 하는데, 영덕대게 때문에 오기도 하고, 선장님 보러 오기도 하고, 7번국도 때문에 오기도 했다. 같은 곳이지만 올 때마다 새롭고 설레는 건 바로 여정의 명분이 다르기 때문이다. 매일 반복되는 하루가 지루하지 않고 새로울 수 있는 요령도 바로 같은 것 아닐까?

영덕에서 경주를 거쳐 울산까지 향하려던 우리의 계획은 여행 중 갑자기 연인의 일방적인 이별통보를 받은 한 친구 때문에 멈췄다. 차를 돌려 다시 7번국도를 거슬러 오르는 길. 머릿속이 복잡할 것 같아 운전을 못하게 했더니만 굳이 자기가 운전을 하겠단다. 운전이라도 하지 않으면 미쳐버릴 것 같다며.

일이나 일상생활에서 가끔 끝까지 가보자는 말을 한다. 오기어린 독설이기도 하고 강한 의지가 담긴 결의이기도 하다. 하지만 실제로 끝까지 가보는 경우는 얼마나 있을까? 자유로를 끝까지 달리고 7번 국도를 끝까지 달리면서 나는 항상 그런 생각을 한다.

원인 모를 연인의 변심에 그는 끝까지 기다리겠다고 말을 했다. 하지만 7번국도 여행 후 몇 개월이 지난 지금, 결국 포기하고 무기력한 하루하루를 보내고 있다. 어쩜 그 스스로가 이제 끝을 봤기 때문 일 수도 있겠다.

내가 그 나이에 겪 었던 혼란과 상처를 똑같이 밟고 있는 그 녀석을 데리고 다시 7 번 국도를 끝까지 한번 달려봐야겠다.

L O V E
E A T

내가 사랑하는
요리사들

당신들과 같은 하늘을
호흡하고 있다는 이유만으로도 나는 벅차다.

호박 넝쿨의 방송데뷔

아침 일찍 부산을 떨며 원당 집으로 갔다. 오프닝 세팅용으로 쓸 호박 넝쿨을 공수하기 위해서. 이번 녹화 아이템은 단호박. 살짝 걱정되는 아이템의 대본을 쓰면서 '뭔가 더 데코레이션 할 꺼리가 없을까? 오프닝에 세팅할 호박들이 라이브 한 느낌이 거의 없을 텐데 어떡하지?' 걱정했다.

뭐 대략 이런 직업정신에 입각하여 아버지의 호박 넝쿨을 섭외한 것이다. 여기에 마냥 심심할 울 아버지의 하루에 작은 이벤트를 만들어 드리고 싶은 마음도 솔직히 조금 있었던 것 같다. 아버지는 밭에서 전화를 받으셨다.

"아빠, 호박 농사도 많이 지었어요?"

"많이 지었지."

"호박꽃도 피었나? 애호박 달린 것도 있나?"

"그럼~ 왜? 사진 찍게?"

"아니, 우리 녹화에 호박 넝쿨이 필요해서 낼 가지러 갈께요."

2분이 안 넘는 통화를 했을 뿐인데 울 아버지는 그 뒤로 5번도 넘게 전화를 하셨다. 꽃이 얼마나 필요하냐, 넝쿨이 길어야 하냐, 언제 올거냐. 못된 심보를 가진 나는 나중엔 짜증도 냈다.

"내가 알아서 한다니까~ 아빤 몰라도 된다구요~ 나 바뻐요~"

우습다. 지가 아쉬워 전화를 해 부탁을 하고서는 말이다. 가는 날 아침에도 일찌감치 전화를 하셔서 몇 시쯤 가지러 올 거냐며 물으셨다. 머리에 잔뜩 구루퍼를 만 채로 아버지의 밭으로 갔다. (아버지에겐 이쁘게 보일 필요가 없으니까.)

아버지는 날 보자마자 재밌는 미소를 지으며 머리에 만 것이 무어냐 물으신다. 난 이뻐지려고 하는 것이라고 대답했다. 아버지는 누구 이쁘게 보일 사람이 생겼냐고 물으신다. 류시원이라고 대답하곤 땅바닥만 보고 걸었다.

늙은 아버지와 늙은 딸은 철길 옆 밭두렁을 걸으며 시니컬한 대화를 나눈다.

"너 정말 연애 안 하냐? 시집 안 갈거냐?"

"혼자 살지 뭐. 남자 없인 못 사냐? 난 남자 없어도 충분하다니깐."

"니가 미쳤구나. 어쩔려구 그러냐. 아직도 철이 안 들었어."

"이상한 남자 만나서 인생 망치는 것보다 낫지 않나?"

"아이고, 내가 정말 못 산다."

아버지의 성격처럼 밭들은 정갈했다. 호박 넝쿨들도 어쩜 그렇게 깔끔하게 뻗어 있던지 호박 넝쿨 앞에서도 한참을 싸웠다.

"뿌리까지 캐 가야 싱싱할 텐데….”

"얘가 생각이 있어? 이거 10미터짜리도 있어. 무슨 수로?”

"방송에 안 되는 게 어디 있나? 캐야 하면 캐야지!”

"아이고 속 터져.”

결국, 뿌리 가까운 어느 정도에서 잘라진 호박 넝쿨을 가지고 녹화 장으로 왔다. 녹화 전, 박해미나 조형기보다 더 신경 쓰며 호박 넝쿨을 챙겼고 울 아버지의 호박 넝쿨은 단호박 편 오프닝을 멋지게 장식했다.

호박 넝쿨을 싣고 출발하기 전, 아버지에게 호기어린 말을 날렸다.

"아빠! 호박 넝쿨 출연료 마니 받아다 드릴께~”

출연료를 어떻게 드려야 하나?

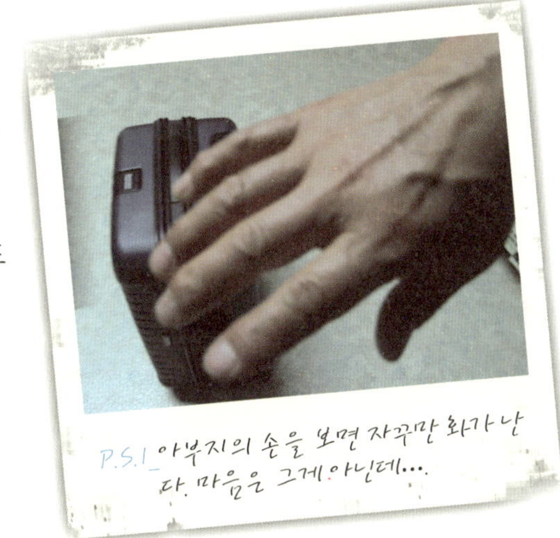

제주도
물찻오름 조난기

방송작가들은 비슷한 연차에 지독한 슬럼프를 겪는다. 3년차 정도에 1번, 5,6년차에 1번, 그리고 10년차에 1번. 나도 비슷한 과정을 겪었는데 5년차 때 겪은 슬럼프는 아주 지독한 것이었다. 가장 치열한 시간대인 주말 프로그램을 1년 정도 하고 나니 온몸의 기운과 열정이 다 사그러들어 아주 진지하게 전업을 고려했었다.

그때 처음으로 제주도를 혼자 찾았다. 하루 종일 바닷가에 앉아 변하는 하늘빛, 바다빛만 쳐다보기도 하고, 숙소에 틀어박혀 책만 읽기도 하고. 그렇게 며칠을 보낸 후 방송을 그만두고 새로운 일을 시작하겠다는 결심을 굳혔다.

그런데, 그때 한 PD에게서 전화가 왔고, <기분전환 수요일>이라는 프로그램에서 <대결! 맛대맛>이라는 음식코너를 하는데 그걸 맡아주지 않겠냐는 제의를 했다.

음식 프로그램이라는 말에 나는 긴 심사숙고와 단호한 결심을 다 배신하고 한달음에 돌아와 일을 시작했다. 그렇게 시작된 맛대맛과의 인연이 6년을 이어갔고, 그 인연을 접은 후 떠난 전국일주 여행의 첫 장소는 바로 그 섬, 제주도가 되었다.

제주도에 온 지 3일째 되던 날. 그제야 조금씩 아침에 일어나자마자 메일을 체크할 필요도 없고, 급한 전화가 오지 않을까 핸드폰을 손에서 놓지 않을 이유도 없고, 무엇보다 정해진 시간 내에 꼭 해야 할 일이 아무것도 없음을 실감하며 느긋한 산책을 본격적으로 시작하게 되었다.

숙소 주변을 둘러싼 2만여 평의 억새밭을 슬슬 걸으며 오늘은 뭘 할까 생각하다가 다소곳하게 솟은 몇 개의 오름들을 보았다. 그래, 오늘은 오름에 가자. 제주에는 368곳 정도의 오름이 있다고 한다. 육지의 산과는 달리 완만하고 부드러운 곡선이 어머니의 젓가슴 같다는 오름. 그 품에 있으면 뾰족해진 마음도 심술궂은 얼굴도 나긋나긋해지는 것 같다. 그래서 나는 오름을 좋아한다.

그 길로 다랑쉬 오름에 가려는 내게 펜션의 주인장 내외가 물찻오름을 강력 추천한다. 다랑쉬 오름도 좋지만 물찻오름을 꼭 가보라고

불찻오름

불찻오름[水城岳]

북제주군 조천읍 교래리 산137-1번지 일대

조천읍과 남원읍, 표선면 물그개 슴면의 경계산이 머주시는 정참에 있는 이 오름은 표고가 717m이고, 비고가 150m이다. 정상의 굼부리[噴火口]에 물이 고여 있고 낭떠러지를 이루고 있는 오름 둘래가 '잣'[城]과 같다는 데서 '물찻오름'이라고 했다.

굼부리는 바람 둘래가 약 1Km 가량의 깔때기형으로, 이가에안줌 물이 검푸르게 넘실거리는 물이 있다. 이 웃은 기생화산에 있는, 멸안 되는 화구호(火口湖) 중 하나이다. 오름 취는 비교적 평평하며 동촉 비탈은 우묵하게 괜 말굽식 화구를 이루고 있다. 오름 잇촉 비탈에는 자연적인 낙엽수림대를 이루고 있다

Mulchat-oreum

San. 137-1, Gyorae-ri, Jocheon-eup, Bukjeju-gun

Located at the juncture point of Jocheon-eup, Namwon-eup and Pyoseon-myeon, it rises to 717 meters above sea level with an overall height of 150 meters.
It looks like a castle with water in it, which in Jeju dialect is 'Jat', from which the name of this oreum originated.
There is a funnel-shaped crater lake on the top which is one of very few crater lakes. The circumference of the crater is 1,000 meters.
The east slope takes the shape of a horseshoe and the upper part of this oreum is relatively flat. It is covered with deciduous trees

한다. 지도에도 없고 아는 사람만 아는 곳이지만 그래서 더 매력 있는 곳이라고. 작은 오름이라 왕복 1시간이 채 안 되니 거길 먼저 갔다가 다랑쉬로 가라는 것이다. 두 분의 여행 취향이 나와 꼭 닮았다는 사실을 이미 알아버렸기 때문에 냉큼 목적지를 바꿔 물찻오름으로 향했다.

사장님이 그려주신 지도 위의 볼펜 흔적을 따라 1112번 도로를 달리다 보니 아름다운 삼나무 숲길이 나온다. 마침 라디오에선 바흐의 곡이 흐르기 시작한다. 차를 멈추고 한참을 그 길 위에 서 있었다. 삼나무 길과 바흐라 은근히 잘 어울린다.

네비게이션에도 없고, 지도에도 없는 물찻오름은 정신 바짝 차리고 찾아야 한다. 1112번 도로를 한라산을 바라보며 달리다가 늘씬한 삼나무들이 나오기 시작할 때부터가 중요하다. 속도를 줄이고 왼쪽을 주목할 것. 눈에 잘 띄지 않는 안내판이 나오면 스톱! 그 안내판을 끼고 들어가 검은 자갈이 깔린 비포장도로로 접어들면 포장도로와 비포장도로가 느린 주행을 어르고 달래듯 반복해서 나온다.

분명, 잘못 들어온 것 같아서 차를 돌리고 싶을 것이다. 나도 그랬다. 아무래도 길을 잘못 든 것 같아 차를 돌리려다가 사장님의 설명을 믿어 보며 달리기를 20여 분. 드디어 검은 돌에 '물찻오름' 이라고 써놓은 표지석이 보인다.

바로 그 근처에 차를 세우고 걷기 시작해야 한다. 앞서 만난 진입

로 입구의 안내판부터 걷기 시작하면 물찻오름 입구까지 오는 데만 무려 한 시간 반 정도가 걸린다. 진이 다 빠져버린다.

물찻오름은 해발 717미터. 정상에는 분화구가 있고 그 분화구에 물이 차 있다고 한다. 그래서 물찻이라고도 하고, 오름 둘레의 모습이 잣을 닮아서 잣의 제주도 방언인 찻을 쓴다고도 하는데 뭐, 뜻이야 어땠든 이름 한번 산뜻하다.

물찻오름 정상에 오르는 오솔길에 들어선 지 10분, 어느새 사람의 흔적이라고는 찾아볼 수도 없는 원시림이 나를 둘러싸고 있다. 생전 듣도 보도 못한 새들과 풀들과 나무들.

정말 입이 떡 벌어진다. 걷기 편한 길을 슬슬 걷고 있을 뿐인데, 나는 지금 아마존의 정글에 와 있다. 사람의 발길이 빈번한 곳에 흔한 생수 페트병이나 과자봉지, 맥주캔 따위도 전혀 없고, 길인 듯 숲인 듯 중간 중간 내 허리까지 오는 풀들에 가로막히기도 하는 원시의 길도 아주 색다르다.

어디다 렌즈를 들이대고 사진을 찍어도 내셔널지오그래피가 된다던 사장님 말씀이 확 와 닿는다. 연신 사진을 찍어대느라 정신이 팔려 있는데, 한 남자의 목소리가 불쑥 들려왔다.

"안녕하세요, 혼자 오셨어요?"

돌아보니 야구 모자를 쓴 그는 짐도 없이 담배갑만 하나 달랑 들고 서 있었다.

"아, 예…."

"혼자서 무섭지 않으세요?"

사람의 흔적이라고는 거의 찾아볼 수 없는 오름 중턱에서 처음 만난 사람은 관광객으론 보이지 않는 차림으로 숲 속 바람과 어울리지 않는 진한 스킨향을 풍기는 남자였다. 몹시 거슬린다.

"사람이 없으니까 안 무서운데요."

"--; 그럼 좋은 사진 많이 찍으세요."

나를 추월하며 뭐라고 말을 덧붙였던 것 같은데 잘 들리지 않았다. 그저 그가 빨리 내 시야에서 사라져주기만 바라며 한참을 더 셔터를 눌렀다. 휴, 역시 사람이 제일 무서운 거야.

앞서 간 그와의 틈이 벌어지도록 시속을 줄이고 다시 정상을 향해 걷기 시작했다. 정상까지 다녀오는 데 한 시간이 채 안 걸린다고 했는데, 벌써 30분이 넘게 지났다.

사진 찍는다고 너무 지체했나? 도대체 정상이 나올 기미는 보이지 않고 누구 물어볼 사람이라도 없나 두리번거리는데, 저만치 아까 그 남자가 오고 있다. 걸음도 빠르지. 벌써 정상 찍고 돌아오는 모양이군. 얼마나 더 가야 하는지를 물으려는데, 그 남자가 선수를 쳤다.

"이 길 아니에요."

"네?!!!"

이상하다. 분명히 길이 하나밖에 없었는데. 그도 몹시 난감해하며 되돌린 발길을 재촉하고 있었다. 별 수 없이 그와 나란히 오던 길을 되짚어가게 된 시추에이션.

살짝 긴장한 나를 의식한 듯 묻지도 않았는데 이런저런 얘기를 쏟아내기 시작한 K. (지금부터 그는 K이다.) 나보다 두 발짝쯤 앞서 걸으며 자신은 출신성분이 명확하고, 정신건강 투철하고, 이 모든 상황

은 어디까지나 우연이라는 걸 우회적으로 설명하기 위해 노력하고 있었다.

그의 말이 멈춰지고 정적이 흐르면 이 어색한 동행은 더 불편해질 것이기 때문에, 부지런히 그의 말에 적당한 감탄사를 동원한 리액션을 보이며 다른 등산객들이 나타나기만을 기다렸다.

사건은 이때부터 시작되었다. 분명히 오던 길을 돌아가고 있었는데, 이상하게 걸어온 시간만큼이 흘러도 끝이 나타나질 않았다. 걷다 보니 이미 지나온 길 같고 저쪽도 길인 것 같고 그렇다. 둘이 함께 산

속에서 길을 잃은 것이다.

(나중에 알고 보니, 지난 태풍에 엄청난 비가 내리면서 물찻오름의 길들을 쓸고 내려가 버렸고, 나와 K가 걸었던 그 길은 사실 길이 아니었다.)

누구의 실수도 아니고, 그저 바보 둘이 따로 길을 헤매다 만나서 함께 헤매게 된 상황인데, K는 굉장히 당황을 하며 부지런히 길을 찾기 시작했다. 해병대 출신이라는 그는 이끼를 보고 계곡을 찾기도 하고, 그림자의 방향으로 내려가는 길을 찾기도 했다. 그렇게 산속을 헤매기를 3시간, 살짝 풀렸던 긴장이 다시 밀려온다.

이 사람 혹시 일부러 빙빙 돌고 있는 거 아냐? 아까 자기 얘기 많이 한 것도 긴장 풀리게 하려는 작전 아니었을까? 이러다가 컴컴해지면 무슨 나쁜 짓을 하려는 건 아닐까? 하지만 설사 그렇다 한들 그 상황에서 나에겐 선택의 여지가 없었다. 겉으로는 아무렇지도 않은 척 여유 있게 따라 걷고 있었지만 속은 점점 타 들어갔다.

어느덧 4시간째. 산속이라 벌써 어둑한 기운이 감돌기 시작한다.

'아, 이러다가 획 돌아서서 날 덮치면 어떡하지? 일단, 말발로 설득해보자. 이러지 말아라. 너 이러고 다니는 거 어머님이 아시면 얼마나 상심하시겠냐. 자극하지 말고 인간적으로.'

만약에 그래도 안 통하면 콱 혀를 깨물고 자결할 생각이었다. 그때 계속 앞서 걷던 그가 갑자기 멈춰 획~ 돌아섰다.

"저 도저히 다리가 아파서 못 걷겠는데 조금만 쉬어가면 안 될까요?"

물찻오름 조난 4시간 만에 처음으로 얼굴을 마주하고 앉은 K와 나. 쉴새없이 이야기하며 걷느라 나보다 배는 더 진이 빠졌을 그는 담배를 하나 빼 물었고, 그가 담배를 피우는 동안 나는 습관처럼 발 사진을 찍으며 이 기가 막힌 상황을 되짚고 있었다.

요리사가 되기로 결심한 K는 모든 걸 정리하고 제주도로 내려와 스승을 찾아갔다고 한다. 요리사라는 말에 귀가 번쩍 뜨였다. 남들은 미쳤다고 하지만 자기의 꿈은 미친 게 아니기 때문에 느긋하다고 한다. 워낙에 오름에 오르는 걸 좋아하지만, 오늘은 정말 이상하게 물 찻에 오고 싶었다고 한다. 이상하게 물찻에 오고 싶었다는 말을 K는 여러 번 반복했다.

그 말을 들으며 잠시 쓸데없는 상상을 해보았다.

만일, 이 사람과 연애라는 걸 하게 된다면 어떨까? 닮은 구석도 꽤 많고, 음식이라는 공통화두도 있고, 무엇보다 첫 만남이 드라마틱하잖아? 후훗, 조난영화에 이어서 멜로영화도 찍는군. 그럼 이젠 코미디 차례인가? 알고 보니 이 남자, 여자 아니야?

몇 편의 영화 시나리오를 쓰느라 시간 가는 줄 모르고 헤맨 지 5시간째. 드디어 길을 찾고 내려온 그와 나는 다른 등산객들을 발견하고 자리에 주저앉았다. 물 한 모금 못 먹고 산속을 5시간이나 헤맸다는 말에 물이며, 삶은 달걀이며, 초콜릿, 요쿠르트, 나중엔 소주까지 내

밀던 분들.

　5시간 전 산에 오를 때 사람이 없어 안 무섭다고 말했던 내가 불과 그 몇 시간 만에 다시 사람의 온기에 감사하고 있었다. 사람은 사람 속에서 살아야 한다. 산속이 아니라.

　굳이 그럴 필요까지는 없었는데 그는 괜히 자기 때문에 내가 고생을 한 것 같다며 저녁밥을 사겠다고 아주 운치 있는 식당으로 갔다. 사실 그 길로 헤어지기에는 너무나 엄청난 하루를 함께 보낸 이라 나도 흔쾌히 받아들였다. 식사를 마치고 나니 바로 옆에 붙어 있는 차방에서 손수 보이차를 만들어 주었다. 그 차를 마시며 참 어이없었던 하지만 지나고 나니 재미있었던 하루를 정리한다.

　그렇게 얼마나 시간이 흘렀을까. 차도 식어가고, 하품은 자꾸만 나오고, 이제 헤어져야 할 시간이 되었다는 신호들이 온다. 어떻게 마무리를 하고 일어설까 고민 중인데, 그는 제주도의 음식 이야기를 시작한다.

　사실 대부분 내가 대본으로 썼었던 이야기들이었지만, 나는 그에게 내 얘기를 거의 안 했기 때문에 모르는 척 들어주어야 했다. 그는 지도를 펴놓고 부지런히 여기저기 체크를 하며 이것도 먹어봐라 저것도 먹어봐라 한다. 정중히 그의 호의를 정리하기 위해 기회가 되면 꼭 너의 음식을 먹으러 가겠다 말하는 나에게 그는 전화번호를 적어주며 덧붙였다. 또 길을 잃거나 먹고 싶은 게 있으면 전화를 하라고.

그러마 약속하고 돌아서는 나에게 K가 묻는다. 이름이 무어냐고.

　깊은 산속에서 우연히 만나 참 특별한 하루를 동행한 K. 어찌 보면 날 살려준 생명의 은인일 수도 있는데 잠시나마 파렴치한의 누명을 썼던 억울한 사람. 나는 그에게 다시 연락을 하게 될까? 안 하게 될까? 아직 여행이 끝나지 않아 갈 곳이 많은 지금은 알 수가 없다. 이 여행의 끝자락에 답이 있겠지. 연락을 하던 안 하던 낯선 곳에서 만난 좋은 친구 하나를 물찻오름과 함께 영원히 기억하게 될 것은 분명하다.

청국장 프린스,
류시원

2007년 11월 15일. <결정! 맛대맛>의 마지막 녹화가 있었다. 오랫동안 마니아 시청자들의 변함없는 애정을 받았던 프로그램이 좀 갑작스레 없어지게 되면서 많은 사람들이 쓸쓸한 마음으로 녹화장을 찾았다. 특히, 방청석을 메운 MC 류시원 팬클럽 '프린스'의 국내 팬들과 마지막 녹화라는 소식에 일본에서 비행기를 타고 날아온 해외 팬 여러분들이 스튜디오 뒤쪽을 빼곡히 채워주어 허전한 분위기를 따뜻하게 달래주셨다.

229회, 4년하고도 6개월을 오직 한 무대의 중심을 지켜온 류시원. 그 세월 동안 여자 진행자는 정은아에서 정지영, 변정민, 강수정. 게

스트 MC로 출연했던 김아중, 옥주현, 신지, 박정아, 윤정수까지 더하면 9명의 파트너가 바뀌는 동안, 그는 한결같은 조용한 미소로 맛대맛의 무대를 지켰다. 229회이니까 그가 맛을 보고 소개한 대결메뉴만 229가지. 매회 1라운드에서 재료 맛보기 코너로 맛을 본 음식까지 더하면 최소 687가지 이상의 음식이 그를 통해 시청자들에게 전해졌다.

마지막 녹화의 대결메뉴는 돈고츠라멘 대 팔진초면. 미리 알았더라면 좀 더 의미 있는 음식을 선택했을 텐데 마지막치고는 좀 격이 안 맞는 메뉴다.

그의 마지막 진행을 보면서 1회 녹화를 떠올렸다. 1회 대결메뉴는 복불고기 대 고추장불고기. (진행을 할 때 남자 MC가 오른쪽에 섰기 때문에 대결메뉴도 항상 그런 순서로 부른다.) 메뉴의 조합에는 나름 여러 가지의 계산이 있었다. 2개의 메뉴를 가지고 70분을 꾸려가는 프로그램은 첫 시도였기 때문에 과연 어떤 성향의 음식 구성이 맞을지 점검이 필요했다. 고급메뉴 혹은 서민적인 메뉴, 새로운 맛 혹은 익숙한 맛. 그래서 복불고기와 고추장불고기가 1회 메뉴로 정해졌고, 고추장불고기를 맡았던 류시원의 승리로 끝났다.

그렇게 시작한 "결정! 맛대맛"의 외침이 229번이 되었고, 마지막 대결도 팔진초면을 소개한 류시원의 승리. 주마등처럼 맛있는 선택의 순간들이 흘러갔다.

사실, 류시원의 첫인상은 그리 만만찮았다. 뭐랄까? 나와는 아주 멀리 다른 세상에 살고 있는 사람과의 불편한 동행이랄까? 솔직히 말하면 대학 1학년 때부터 '느낌', '창공', '프로포즈', '종이학' 등의 트랜디 드라마를 보며 꿈에 그리는 완벽한 남친상으로 동경했던 과거가 있었던 터라 지레 어색해했던 것 같기도 하다.

그리고 이전에 함께 일했던 남자 진행자들과 달리 먼저 와서 장난도 치고 않고 살갑지도 않았다.

무엇보다 현실에서 내 주위에 우글거리는 수많은 남자들과는 격이 다르게 뛰어난 외모가 나의 현재를 자꾸만 자각시키는 것 같아서 기분 나빴다. (그는 화면보다 실물이 훨씬 매력적인 실물형 연예인이다.) 나뿐만 아니라 동료 작가들도 마찬가지였다. 녹화장에서 만나면 대본 리딩을 간단하게 하고는 저 멀리 도망가 먼발치서 바라보며 "잘생겼다!"를 외칠 뿐. 쉽게 다가설 수 없는 뭔가가 있었다. 그랬던 그를 조금씩 다르게 보기 시작한 게 바로 청국장 때문이었다.

류시원과 청국장. 그 외모와 그 꼬릿한 냄새. 도저히 매치가 안 되는 조합이다. 청국장을 다음 녹화 메뉴로 정한 걸 알고 그는 꼭 자기가 청국장을 소개하게 해달라며, 처음으로 눈을 반짝이며 부탁이라는 것을 했다. 세상에서 가장 좋아하는 음식이 청국장이기 때문에 꼭꼭 자기가 소개하고 싶다는 것이다.

어허, 도대체 이렇게 생긴 사람은 청국장을 어떻게 먹을까? 궁금

하기도 했다. 사실 청국장 같은 음식을 제대로 먹어내기란 쉬운 일이 아니다. '복스럽게 먹는다'와 '게걸스럽게 먹는다'는 한끝 차이이기 때문에. 더구나 그 음식이 청국장처럼 껄쭉한 선입견을 몰고다니는 음식이라면 더더군다나 힘든 일이다.

헌데, 그는 참 복스럽게도, 맛있게도 청국장을 먹었다. 보글보글 끓는 청국장 뚝배기에 숟가락을 넣고 휘휘 저어 국물을 떠서 맛을 보고는, 커다란 비빔그릇에 각종 나물과 아주 조금의 고추장 그리고 청국장의 두부와 호박 등을 건져 넣고 찌개국물을 적당히 떠 넣어 쓱쓱 비빈다. 그리곤 한 숟가락 크게 떠서 입에 넣고는 아주 행복한 눈웃음을 말없이 짓는다. 그럼 끝이다.

청국장을 처음 먹는다는 신세대 출연자들도 그 눈웃음에 다 무너져 버린다. <결정! 맛대맛>을 하면서 청국장이 대결메뉴로 등장한 것이 총 4번이었는데 그때마다 류시원의 청국장 사랑은 변함이 없었다.

그 청국장 사랑은 일본에서도 이어져 기무라 다쿠야 등이 진행하는 인기 프로그램 '비스트로 스맙'에 출연해서도 청국장 음식을 소개하였다. 일본의 나토와 청국장을 비교하여 소개하고, 그 청국장을 이용해 스맙 멤버들이 아주 특별한 청국장 요리를 만들게 하였다. 그리고 킨텍스에서 열린 아시아 팬미팅 행사에서는 자신이 직접 청국장을 끓여 팬들에게 대접하는 이벤트를 벌이기도 했다.

청국장은 반드시 뚝배기에 담겼을 때 그 진미를 맛볼 수 있다. 청국장 류시원을 담아 이만큼 뜨겁게 품었던 뚝배기는 아마도 그의 아버지였을 것이다. 맛대맛을 그만두고 33일 간의 전국일주를 떠난 지 일주일이 되던 날, 갑작스런 그 어르신의 부음을 들었다. 불과 며칠 전, 킨텍스 행사에서 뵙고 인사드렸을 때 너무나 정정하던 모습이었기 때문에 적잖이 놀라 한달음에 달려갔다. 망연자실하며 실감이 나지 않는 모양으로 "다 필요없어. 부모님께 효도해라, 수연아." 하던 그의 힘없는 목소리.

한참 뒤에 그의 홈페이지에서 아버님께 올린 편지를 보았다. 그리움이 잔뜩 묻어나는 글을 보며, 아들이 청국장 끓이는 걸 보고 "어허. 저렇게 하는 게 맞나?" 하며 웃으시던 그 어르신이 떠올랐다.

수천 명이 넘는 팬들의 선물과 편지를 손수 하나하나 기록하고 정리하셨다는 아버지. 한류스타의 대표주자로 일본에서 상상을 초월하는 인기와 부와 명예를 얻고 있지만 그럴수록 겸손하고 검소하라고 신신당부하셨다는 아버지.

일본에서 살인적인 스케줄을 소화하면서도 일주일에 한 번 꼭 한국에 들어와 <결정! 맛대맛> 녹화를 하고 돌아가곤 하는 그를 보면서 이해가 안 갔던 적도 있었다. 사실 그의 스텝들 비행기 값만 해도 출연료를 훌쩍 뛰어넘었는데 말이다. 그 의아함에 대한 해답은 아버지가 가지고 있었다.

그런 아버지를 잃고 아주 오래 쓸쓸하고 허전할 류시원. 꽤 오래

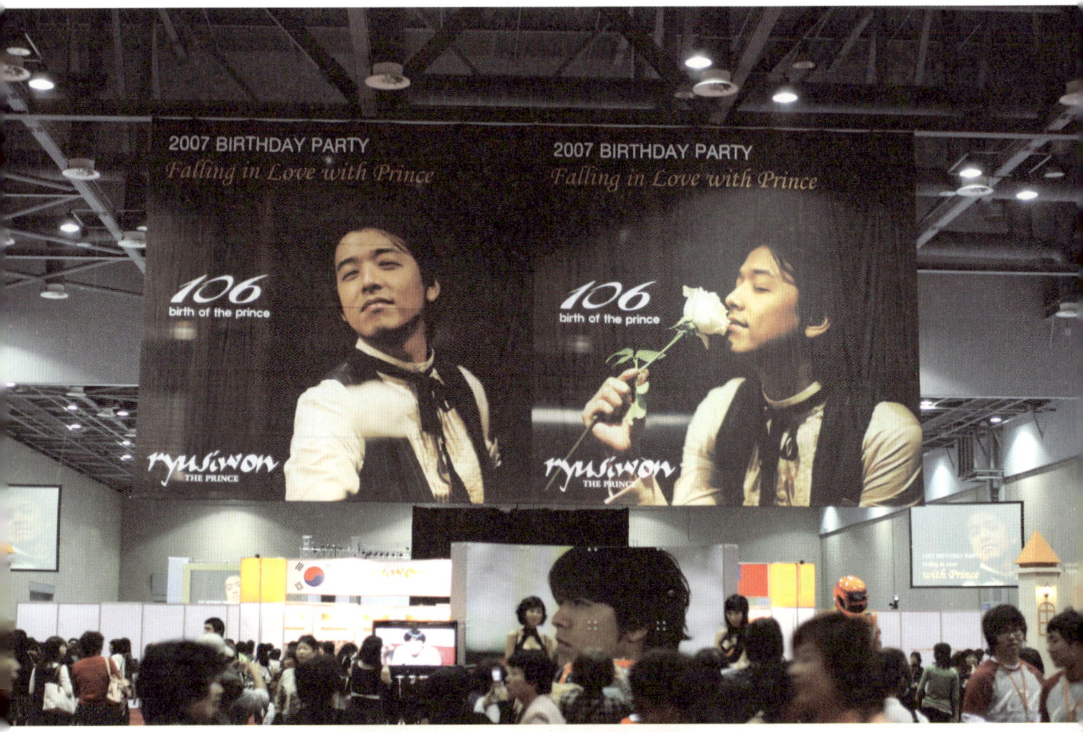
2007 BIRTHDAY PARTY
Falling in Love with Prince
106
birth of the prince
ryusiwon
THE PRINCE
2007 BIRTHDAY PARTY
Falling in Love with Prince
106
birth of the prince
ryusiwon
THE PRINCE

106

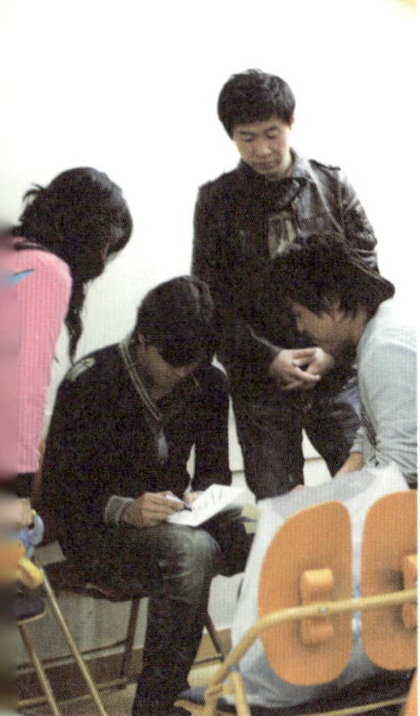

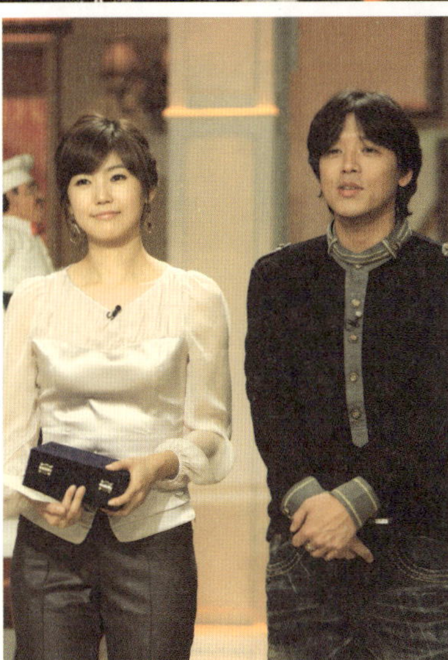

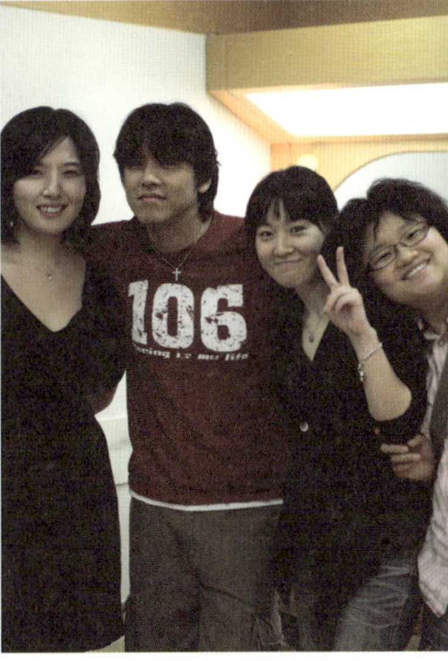

옆에서 그를 지켜본 사람으로서 자신 있게 말할 수 있는 건, 그는 청국장처럼 진하고 뚝배기처럼 은근한 힘을 가진 사람이기에 우르르 끓다 가라앉는 스타가 아닌, 아버지의 이름을 가슴에 품고 열심히 살아가는 멋진 인간으로서 아주 오래오래 그 진가를 발휘할 것이라는 거다. 그 위치가 연기자이건, 일본에서 활약하는 가수이건, 실력 있는 카레이서이건 말이다. 혹은 또 다른 무엇이건 간에.

이 다음에 난 내 자식에게 이렇게 큰소리 칠 수 있을 것이다. 이래 봬도 엄마가 류시원이랑 오빠 동생 하던 사이란다~

강수정의 젓가락

강수정이 맛대맛의 새로운 MC로 확정되던 날. 프리랜서 선언 이후 이런저런 말도 많고 탈도 많았던 그녀를 처음 만나게 되었다. 그녀의 첫인상은 솔직히 좀 실망스러웠다. TV에서 봤던 이미지와 너무 달라서 딴 사람 같았다.

얼굴도 조막만한데다가 통통하기는커녕 내 손목만한 팔뚝을 보곤 오히려 기대했던 캐릭터가 아닌 것에 적잖이 당황했던 것이다.

사실 여러 가지 복잡한 상황을 무릅쓰고 그녀를 MC로 점찍었던 건 후덕하고 복스러운 이미지가 음식 프로그램과 너무 잘 어울린다는 여론이 많았기 때문이었다. 하지만 실제로 만난 강수정은 방송국에서 매일 만나는 쭉쭉빵빵 아름다운 그녀들과 그닥 다를 바가 없었다. 더구나 하체비만이라니?! 상체에 비해 조금 튼튼해 보이는 건 사실이었지만 이십여 년 이상을 하체비만의 진수를 선보이며 살아온 내 앞에선 감히 명함도 못 내밀 하체였다. (물론 대부분 하체부실인 다른 연예인들 틈에서는 좀 튀어보이긴 한다.)

어쨌든 좀 그렇고 그런 나의 기분을 아는지 모르는지 그녀는 너무나 밝은 목소리로 저녁을 먹으러 가자고 한다. 그래, 어디 먹는 건 어떤가 보자. 프로그램 책임 프로듀서부터 담당 PD, 작가들까지 모두 함께 우르르 중식당으로 갔다.

내내 밝은 표정으로 묻는 말에 대답을 하던 그녀는 자리에 앉자마자 젓가락을 집어들더니 이내 심각한 표정이 되었다. 허공에 대고 몇 번 젓가락질을 하더니만 어려서부터 젓가락질을 잘 못해 어른들에게 많이 혼났었다며, 맛대맛 MC 얘기가 오가면서 제일 먼저 젓가락질 연습부터 시작했는데 아직 쉽지가 않다며 걱정을 한다.

그러더니 짜사이를 냉큼 집어올리며 많이 어색해 보이냐고 묻는다. 그 표정이, 그 동그란 눈이 어찌나 귀엽던지, 나보다 겨우 2살 어린데 말이다. 무엇보다 그녀의 젓가락질은 나의 국적 없는 젓가락질에 비하면 양반 중에 양반이었다.

음식이 나오자 콩도 집어보이고 새우도 집어보이던 그녀는 조금 더 연습하면 웬만한 건 다 집겠는데 아직 면발은 어렵다며, 젓가락질

마스터 할 때까지 면요리만 걸리지 않았으면 좋겠다고 조심스레 말했다.

그리고 몇 주 후, '수영선수의 허벅지 근육 같은 탄탄함', '쇼롱쇼롱 구렁이가 넘어가는 목 넘김' 등의 독특한 맛 표현 어록을 남긴 그녀에게 드디어 막국수 대 공습이 시작되었다. 녹화 일주일 전부터 젓가락질 걱정을 하던 그녀는 녹화 내내 긴장한 모습이었고, 방송 후 자신의 젓가락질에 대해 쏟아질 시청자들의 질타를 미리부터 두려워하고 있었다.

아니나 다를까. 강수정의 막국수 편 방송이 나간 뒤, 시청자 게시판은 그녀의 젓가락질을 나무라는 글로 도배가 되었다. 맛대맛 MC로서의 기본 자질이 부족하다는 말부터 자녀교육상 좋지 않으니 빼달라는 의견부터 입에 담기도 민망한 욕설까지.

물론, 프로로서의 근성이 부족하다 탓할 수도 있겠지만 그녀의 속사정을 알고 있던 나는 안쓰럽기만 했다. 만일 이유식 먹을 때부터 장래희망이 아나운서가 되어 맛대맛 MC를 보는 것이었다면 애당초 제대로 된 젓가락질을 피가 나도록 수련했어야 하겠지만, 30년을 모르고 살다 고작 며칠 연습한 것인데. 그 정성이 갸륵하기만 한데 어쩌란 말인가.

얼마 후, 나는 꽁꽁 챙겨 두었던 상아 젓가락을 꺼냈다. 중국에 다녀온 지인에게서 선물을 받은 것. 강수정이 완벽한 젓가락질로 면발

정복에 성공하는 날, 그 젓가락을 선물로 주리라 다짐하며.

그녀의 젓가락질은 매일매일 조금씩 완벽해져가고 있다. 서툰 젓가락질이 관심 밖으로 사라지면서 대신 CF에서 보인 짙은 화장이나, 특유의 애교 섞인 말투나, 음식을 먹고 나면 동그랗게 커지는 눈들이 구설수에 오르곤 한다. 그런 그녀를 위로하기 위해서는 또 어떤 선물을 준비해야 할까?

파스타의 뽕필, 조형기

　당신은 조형기가 왜 만갑형님으로 불리는지를 아시는가? 그렇다면 토종 에로티시즘의 정수 '뽕'을 본 적이 있으시군. 나는 안타깝게도 몰랐다. 그래서 맛대맛에 출연한 연예인들이 조형기 선배를 만갑형님이라고 부르며 뒤집어질 때마다 왜 저러나? 저들 사이에서의 별명이 만갑형님인가 보다 했었다.

　그런데 만갑형님의 뜻이 뭘까? 궁금해서 안선영에게 물어봤다. 당장 집에 가서 '뽕'을 보란다. 그제서야 그가 영화 '뽕'에 출연했었다는 사실을 알았고, 뽕에서의 역할명이 만갑형님이라는 걸 알았다.

　그 후론, 소위 '정력'을 연상시키는 재료가 등장할 때마다 우리의

만갑형님을 내세워 우회적으로 그 효능을 설명했지만 정작 '뽕'은
볼 엄두가 나질 않았다.

그러던 어느 날, 잠도 오지 않고 할일도 딱히 없어 새벽이 되도록
케이블 채널을 여기저기 탐방하고 있었다. 그 시간 TV에서는 꽤 높
은 수위의 프로그램들이 적나라하게 방송된다는 사실에 새삼 놀라며
마른 침을 꼴깍 넘기고 있는데, 아주 낯익은 얼굴이 갑자기 등장하는
것이 아닌가! 바로 그 유명한 '뽕'이었다. 말로만 듣던 만갑형님 조
형기는 부리부리한 눈과 구릿빛 웃통으로 열연 중이었고, 그 모습에
괜히 봐선 안 될 걸 본 것 같아 급히 TV를 꺼버렸다.

왠지 맛대맛의 웃어른인 대선배의 좋지 않은 과거를 알아버린 것
같아 혼란스러웠고 왜 저렇게까지 했을까 안타깝기도 했다.

그런 나의 속 좁은 편견을 나무라기라도 하듯, 한 프로그램에 나와
영화 '뽕'과 관련된 일화를 이야기하는 조형기 선배를 보곤 새삼 고
개를 숙여 존경의 박수를 보냈었다.

사연인즉슨 어느 날 아들과 함께 TV를 보며 리모컨으로 채널을
돌리는데 한 케이블 방송에서 하필 자신이 출연한 '뽕'을 방영중이
었다는 것이다. 아들도 놀라고 자신도 놀라고 순간 분위기는 얼음이
되었다. 정말 웃지 못할 참담한 상황 아닌가! 하지만 그는 당당하게
말했다. 자기가 옷을 벗어 자식들 교복을 입혔기 때문에 절대 후회하
지 않는다고.

어느 신문에서 그를 수도꼭지라고 표현한 것을 보았다. TV만 틀면 나온다고 해서 수도꼭지라는 것이다. 드라마를 제외하고 7개의 공중파 프로그램에 고정출연 중이니 그럴 만도 하다.

하지만 지금 그가 수도꼭지가 된 건 식상하다고 비난할 문제가 아니라 아주 다행스럽고 놀라운 일이다. 10대, 20대에 온통 코드가 맞춰진 TV 프로그램에서 50대가 넘은 출연자가, 그것도 높은 인기 덕분에 여기저기 너도나도 섭외하려는 연예인이 되었다는 사실은 정말 대단한 일이 아닌가!

실제로 그는 화면에서 보여지는 것 이상의 역할을 프로그램에서 한다. 기본기 없이 불쑥 튀어나온 어린 아그들이 개념없이 까부는 것을 신랄하게 정리하는 것도 그의 몫이고, 본인이 튀지 않더라도 연기자의 면면을 파악하고 조용히 뒷심을 실어주는 것도 그의 몫이다. 그래서 제작진들은 그가 무대에 서 있는 동안 굉장한 빽이 생긴 것처럼 안심하게 된다. 그것이 지금 그가 수도꼭지가 된 커다란 이유 중에 하나이다.

맛대맛에서도 그의 존재감은 엄청났다. 때론 어릴 적 추억을 더해 어르신들이 공감할 맛의 기억을 끄집어내기도 하고 트랜디한 음식에는 객관적인 시각으로 냉정한 맛의 평가를 내리기도 하니 말이다.

꽁보리밥이나 구수한 된장찌개, 우거지해장국 같은 음식이 연상되는 그가 제일 좋아하는 음식은 의외로 파스타이다. 이탈리아로 시

집간 여동생의 영향 때문일까? 파스타를 좋아할 뿐만 아니라 그 맛이나 관련 지식에 있어서도 수준급이다. 그래서 파스타를 소개하는 날은 제일 먼저 조형기 선배에게 달려가 맛에 대해 묻곤 했는데, 지적이 아주 날카롭다.

하지만 그는 정작 방송에서 그날 맛 본 파스타에 대해 말할 때는 다시 50대의 만갑형님이 되어 그 기준과 그 수준에 맞춰 표현한다. 파스타와 스파게티의 차이를 전혀 모르는 앞집 할머니가 들어도 무슨 말인지 알도록 말이다.

그것이 바로 지금 우리 방송에 조형기라는 인물이 존재하는 이유이고, 앞으로 더욱더 수도꼭지가 아닌 자동 펌프처럼 마구 쏟아지길 바라는 이유이다.

결정! 남자 대 남자

맛있는 생선찌개를 끓이는 건 몹시 까탈스럽다. 바다에서 건지는 순간부터 맛과 향이 변하기 때문에 그 비린 기운을 조절하는 게 관건이다. 보통 개운한 맛을 내는 다양한 양념들을 동원하는데 이걸 잘못 쓰면 생선 특유의 맛이 묻혀버린다. 그 선을 제대로 타는 건 정말 한 끝 차이다.

또 끓이면 끓일수록 맛이 깊어지는 건 사실이지만 간이 문제다. 생선의 맛이 충분히 우러날 때를 기준으로 간을 맞추면 처음이 너무 밍밍하고, 처음부터 간을 맞춰 놓으면 나중엔 짜져버려 육수를 더 부어야 한다. 하지만 육수를 추가하는 순간부터 그건 생태찌개나 조기매

운탕이 아니라 육수탕이라고 생각한다. 그러니 재료의 맛이 슬슬 우러나는 동안 국물의 간을 유지하는 것이 생선찌개의 가장 중요한 비법인데, 유명한 생선찌개 집의 공통된 비결은 소금에 있다. 바로 간수를 뺀 천일염으로 간을 한다는 것이다.

바다에서 얻은 천연소금인 천일염을 공기 중에 오래 두면 조금 미끌하고 끈적한 액체가 생긴다. 이것이 간수이다. 두부를 굳히는 응고제로 많이 쓰이는데, 염화마그네슘이나 황산마그네슘이 들어 있어 씁쓸한 맛이 난다.

이 간수를 빼낸 소금으로 음식을 해놓으면 뒷맛이 깔끔하게 떨어지고 짜지 않다. 그래서 곰소항이나 광천의 유명한 젓갈집에서도 반드시 천일염을 이용해 젓갈을 담근다. 이 천일염으로 생선찌개를 끓이면 오래 끓여

자박해져도 짜지 않고 국물이 텁텁해지지도 않는다.

인생에 있어 소금 같은 역할을 하는 사랑.

이 사랑도 간수를 빼내야 오랜 시간이 지나도 숟가락을 놓지 않게 된다. 사랑을 하는 동안 씁쓸하지만 감추지 말고 바로바로 빼내야 할 간수 같은 것에는 뭐가 있을까?

대수롭지 않은 의심이나 소소한 불만이나 유치한 질투심 같은 게 아닐까? 그런 아주 정상적인 감정들을 자존심 때문에 삭히고 감추고 품고 있으면 그게 쌓이고 쌓여 결국엔 숟가락을 놓게 만든다.

지금은 끝나버린 내 지난 사랑들을 돌이켜보면 결국 그 간수를 빼내지 않아서 파투가 나버린 게 대부분이다.

그의 아주 사소한 거짓말은 사소하니까 그냥 넘어갔고, 마음에 안 드는 행동을 해도 나는 뭐 완벽하냐 싶어 무시했고, 가끔 회식을 핑계로 그녀가 있는 자리에서 오랜 시간을 보내는 걸 알았지만 속 좁은 여자로 보일까봐 모르는 척했다.

좀 더 완벽하고 쿨한 여자로 보이고 싶어서 그런 감정들을 쏟아내지 않고 그냥 품고 있었던 것이다. 결국 그는 우리 관계의 처음이자 마지막 고비를 함께 극복하려 하지 않고 그녀에게 가버렸다. 아마도 그는 자신의 유약하고 답답한 부분을 내가 알지 못하고, 알지 못하기 때문에 힘이 되어줄 수 없을 거라 생각했을 것이다. 이해한다. 만일 내가 소금의 간수가 빠지듯, 그와의 관계에서 씁쓸했던 것들을 솔직

하게 빼내가며 사랑을 했다면 끓으면 끓을수록 깊은 맛을 내는 생선
찌개처럼 여전히 따뜻하게 끓고 있겠지.

그와의 이별을 직감한 날, 난 하필 생태찌개를 먹었다. 짜디짠 찌
개 국물을 한 숟가락 떠먹고는 웃옷의 앞섶이 흥건해지도록 눈물을
쏟아냈었다. 분명, 맛있는 생선찌개 끓이는 것보다는 맛깔스런 사랑
을 차려내는 일이 훨씬 더 어렵고 까다로운 것임은 확실한 것 같다.

아, '결정! 맛대맛' 이 아닌 '결정! 남자 대 남자' 를 했다면 사랑에
질퍽대며 아파하는 일 따위는 없었을까?

해피엔딩

드라마 <연애시대> DVD를 사서는 짬이 날 때마다 하나씩 하나씩 보고 있다. 1,2,3 순서대로 착하게 보는 것이 아니라 그때그때 내키는 대로. 기억나는 대사가 있는 회차를 마구 뒤섞어 찾아가며 본다. 며칠 전 완전한 패닉상태에서 마지막 회를 봤다. 잔잔히 흐르는 은호의 나레이션. 그리고 해피엔딩.

참으로 돌고 돌고 돌아 참으로 아프고 아프고 또 헤집어 아프고 난 뒤 5년 후 그들은 다시 함께였다. 재롱둥이 아이도 두었다. 이쯤이면 해피엔딩이지. 헌데 그녀는 해피엔딩이라 할 수 없다고 말한다. 삶은 여기서 끝이 아니기에 아직은 해피엔딩이 아니란다. 이즈음 내

불행의 원인이 뭔지 몰라서 더 불행한 나에게 별로 행복하지 않다고
말하는 많은 이들이 다녀갔다.

이루어질 수 없는 사랑 때문에 불행한 이.

사랑하고 있지만 불안한 미래 때문에 불행한 이.

사랑을 믿지 않아 불행한 이.

사랑하고 싶지만 방법을 몰라 불행한 이.

결혼이라는 인생의 큰 숙제를 못 풀어 불행한 이.

결혼했지만 여전히 허전해서 불행한 이.

결혼하고 허전함은 없어졌지만 자아가 없어진 것 같아 불행한 이.

이런, 다 불행하네. 결국 행복한 사람이란 이 세상에 존재하지 않는다는 말인가? 그럼 앞으로 어떻게 살든 결국 행복할 수 없을 거란 말이잖아. 지금 나는 이 혼란만 지나면 정말 행복해질 수 있을 것 같은데, 그게 아니란 말이잖아! 그럼 뭘 믿고 버티느냔 말이다.

젠장, 심장과 머리가 떨어진 거리만큼 삶의 모든 욕망과 현실이 떨어져 있기 때문에 결국 온전히 행복할 수는 없는 것일까?

맛대맛 작가가
극찬한 맛집?

자료조사를 위해 웹서핑을 하다 보면 놀랄 때가 많다. 먹는 게 직업인 나보다도 훨씬 더 많이 다양한 맛집을 섭렵하고 다니는 네티즌들이 너무 많기 때문이다. 각종 블로그에 올라 있는 레스토랑 방문 후기와 음식에 대한 평들은 그 기준이 어디에 있건 간에 그 방대한 양과 의외의 시각으로 자극이 되곤 한다.

하지만 나를 포함한 맛대맛 작가들의 홈페이지에는 의외로 음식 이야기가 없다. 특히, 특정 식당명이 등장하는 경우는 거의 없다. 그럴 만한 이유가 있다.

일단, 우리는 '먹어야만 하는 음식'이 너무나 많아서 '먹고 싶은 음식’을 찾아다닐 여력이 별로 없다. 또, 음식을 먹고 표현하는 작업이 우리의 ‘일’인 관계로 자판을 두들겨 음식에 대한 글을 엮는 모든 과정이 바로 스트레스와 연결된다. 대본 이외의 음식 이야기는 사양하고 싶은 것이 속마음일 것이다.

그리고 또 하나의 웃지 못할 이유가 있었으니 지금으로부터 4년여 전인가? 맛대맛 초창기 때 내가 겪은 일이다. 오랜만에 동창들과 만나 시내의 한 음식점에서 회포를 풀게 되었다. 그간의 밀린 수다와 근황을 주고받다가 ‘맛대맛’이라는 음식 프로그램을 하고 있는 내 얘기가 화두에 올랐다.

(의례히 그렇듯이) 방송국 뒷이야기며, 맛대맛 이야기며, 친구들에겐 마냥 새로울 이야기들을 신나게 떠들고 있는데 그걸 식당 사장님이 슬쩍 들으신 것 같다. 수다가 막바지로 이른 어느 순간, 갑자기 스케치북과 매직을 가지고 오시는 게 아닌가!

의아해하며 쳐다보니 평소 ‘맛대맛’의 팬이라며 작가 사인을 꼭 받고 싶다는 거다. 살짝 취기가 오른 친구들은 오~ 하며 탄성을 질렀고, 돌발상황에 당황은 했지만 으쓱하는 마음에 싫지만은 않았던 것 같다.

하지만 연예인도 아니고 내가 생전 무슨 사인을 할 일이 있었겠는가? 평생 긁어온 카드 전표 위의 소심한 사인밖에는 웃으며 사인할 줄 모른다고, 이따가 카드 긁고 사인해드리겠다고 했더니만 사정을

하신다.

　가문의 영광이니 뭐니 하며 간절하게 부탁하는 상황이 좀 난처하기도 하고, 내가 뭐 대단한 사람이 된 것 같은 착각도 살짝 들었다. 아무튼 못 이기는 척 사인을 해드렸다. 카드용 초 간단 사인을 스케치북에 꽉 차도록 크~게 그려 드렸다.

그리고 한 달 후 그날 함께 자리했던 친구에게서 전화가 왔다. 전화기가 터지도록 웃어대며 그 식당에 한번 가보라는 것이다. 우연히 지나가다가 보게 되었는데, 그 집 간판 아래에 커다란 현수막이 걸렸다고 한다.

그 현수막에는 SBS와 <결정! 맛대맛>의 프로그램 로고가 그려져 있고, 그 옆에 대문짝만한 글씨로 '맛대맛 작가가 극찬한 맛집'이라는 문구와 함께 내가 스케치북에 그려드린 엉성한 사인이 떡 하니 들어 있다는 것이다.

머리가 띵해지는 것 같았다. 일단 전화로 항의를 하니 그날 맛있다고 드시고 사인도 직접 해주지 않았냐며 그게 너무 감격스러워서 자랑하려고 내거신 거란다. 맙소사! 뒷목을 잡고 차근차근 이야기를 했지만 도저히 말이 안 통하는 상황이었다. 결국, 한달음에 달려가서 화도 내고 설득도 하고 협박도 한 후에야 그 말도 안 되는 현수막을 내릴 수 있었다.

그 일을 겪은 후, 나는 식당에 갈 때마다 괜히 긴장이 되고 자리를 잡아도 제일 구석이나 격리된 방을 찾게 되었다.

어쨌든 말 한마디가 한 음식점의 매상을 좌지우지하는 예민한 직업이고, 맛이 있든 없든 한 그릇의 음식을 담아내기 위한 과정과 노력이 얼마나 매서운지를 너무나 잘 알기 때문에 오히려 나는 맛에 대한 냉정한 평가를 내릴 수가 없다.

맛대맛을 6년 이상 해왔다고 하면 당연히 '미식가'라고 생각들을
하지만, 그런 이유들 때문에 나는 절대 '미식가'가 될 수 없다. 그저
먹는 게 즐겁고, 즐겁게 음식 이야기를 풀어 놓고 싶은 '즐식가'일
뿐이다.

내 남자친구의 여자들

내게는 독수리 오형제 같은 남자친구들이 있다. 코 흘리며 고무줄을 끊던 때부터 징글맞게 함께 늙어온 녀석들. 앞에서 끌어주고 뒤에서 밀며 때론 동생처럼, 때론 오빠처럼. 남자와 여자의 우정은 겉절이로 김치찌개를 끓이는 것만큼 힘든 일이지만 우리는 해냈다.

초등학교 운동회를 함께 치루고,

대학 입시를 함께 치루고,

군대를 함께 치루고,

지독한 연애를 함께 치루고,

여름휴가를 함께 치루고,

생일을 함께 치루고,

크리스마스를 함께 치루고,

취직을 함께 치루고,

그렇게 10대를, 20대를 함께 치러냈다.

어쩌면 '우정' 보다는 생의 가운데 토막을 함께 치룬 '동지애' 에 더 가까운 관계일지도 모르겠다. (그게 그건가?)

이제, 30대가 되어 독수리 오형제와 함께 치루는 것은 누구의 결혼이나, 돌잔치, 연말의 송년회 정도. 그럼에도 불구하고 난 이 녀석들만 만나면 스무 살의 내가 된다. (이미 볼 꼴, 못 볼 꼴 다 알고 있는 터라) 스무 살의 내가 되어 무장해제를 하고, 한껏 흐트러지고, 철딱서니 없는 계집아이가 되어 그렇게 숨을 쉰다.

하나 둘 녀석들에게 애인이 생기고, 아내가 생기고 '그녀' 들을 맞이하는 것도 나에겐 큰 통과의례였다. 헌데 언제부터인가 '그녀' 들의 수가 점점 많아지면서, 내가 '그녀' 들을 맞이하는 것이 아니라 '그녀' 들이 나를 맞이한다.

올해도 어김없이 녀석들과 송년회를 치렀다. 언제나처럼 난 저물어가는 해 끝에서 숨을 쉬었다. 그리고 생각했다. 언제까지 이럴 수 있을까?

어떤 '그녀' 는 내가 올 줄 몰랐다며 너무너무 반가워한다.

어떤 '그녀' 는 격 없는 우리들의 농담에 은근한 불쾌감을 보인다.

어떤 '그녀'는 다른 '그녀'들과 내가 전혀 모르는 대화를 나누고 있다.

어쩌면 조만간 내 어린 날의 독수리 오형제 같은 녀석들을, 지구 위 남자들 중 유일하게 날 막무가내로 숨 쉬도록 봐주는 녀석들을, 이제 그만 과거의 기억 속으로 봉인해야 할지도 모른다는 생각이 들었다.

나보다 더 녀석들을 잘 알고 있는 그녀들을 보는 것. 그거 참 쓸쓸한 일이다.

농부놀이

"오 마이 갓! 넌 뭐냐?"

샤워를 하는 동안 열어둔 욕실 문틈으로 들어온 초봄 햇살이 비춘 건 수챗구멍 틈으로 올라온 여린 연둣빛의 새싹이었다. 이미 새끼손가락 정도의 길이로 자란 녀석을 그제야 발견한 건 봄 햇살 덕분이었다.

잠시 당황스럽기도 하고 기가 막히기도 하다가 혼자 깔깔 웃어버렸다. 아직 바람이 찬 날씨인데 그 녀석을 보고 나니 차마 뜨거운 물을 틀 수가 없다. 참을 수 있을 만큼 식은 물로 샤워를 대충 마치고 사태파악에 나섰다. 도대체 어디서 굴러 들어왔는지는 알 수 없으나 무언가 씨앗 알갱이 하나가 그리 흘러 들어갔나 보다. 그게 자리를 잡고 샤워부스 안 수챗구멍 안에서 싹을 틔워 그만큼이나 자라 있었다. 햇빛을 제대로 받지 못해서 키만 웃자랐지 매가리 없는 떡잎이나 투명할 정도로 나약한 줄기는 안쓰럽기까지 할 정도이다. 왜 그냥 뽑아버릴 마음이 안 들었을까? 난 그걸 뽑아버릴 수가 없었다.

며칠째 나의 찬물 샤워가 계속되는 동안 녀석은 쑥쑥 자라고 있다. 꽃샘추위에 몸살 기운까지 슬슬 오는데 말이다. 뭔가 대책이 필요하다.

며칠 후, 조심조심 하수구 망을 들어올리고 뿌리가 다치지 않게 더러운 부유물들을 떨어내고 잔뿌리 하나 꺾여나가지 않도록 거실로 후송했다. 마침 비어 있던 화분 하나에 부양토를 채워 넣고 새싹을 옮겨 심었다. 햇살이 비추는 창가에 놓고 나니 나풀나풀 춤이라도 출 것 같아 보인다.

"이제 좀 살 것 같지? 앞으론 너를 콩알이라 부르마."

오직 한 줌의 봄 햇살 덕분에 나의 느닷없는 농부놀이는 시작됐다.

콩알이는 하루가 다르게 튼튼해졌다. 워낙 볕이 잘 드는 집이라 여린 떡잎 사이로 올라온 본잎은 아주 야무지고 푸르렀다. 어두운 음지에서 이 악물고 싹을 틔운 고행을 보상이라도 받으려는 듯 놀랄 정도로 크게 펼친 잎으로 세상 햇볕을 다 잡아먹을 듯 자랐다.

어느 날 보니 제 세상 만난 것처럼 날개를 편 콩알이를 지탱하기에는 아직 하수구의 흔적이 남아있는 어린 밑둥이 위태위태하다. 오

피스텔 앞 화단으로 가서 콩알이에게 어울리는 가는 나뭇가지를 하나 구했다. 갈색 실로 숨 막히지 않도록 잘 얽어놓으니 그제야 마음이 놓인다.

그리고 얼마 뒤에 줄기가 부러지는 사고를 당했다. 우르르 친구들이 몰려온 날 저녁, 어쩌다 그랬는지 콩알이의 줄기가 훅 꺾여 있는

게 아닌가! 화가 났다. 조심성 없는 친구들한테 화가 났고, 여태껏 그 걸 키워 온 나에게도 화가 났다. 약해 빠져 부러진 콩알이도 미웠다. 화를 가라앉히고 나니 '대단한 것도 아닌데 이걸 뽑아내고 나면 맘 이 참 허전하겠구나!' 라는 쓸쓸한 마음이 들었다.

그 다음날 아침, 흐물흐물 시들어 있을 줄 알았던 녀석이 쌩쌩한 게 아닌가! 활짝 편 손바닥처럼 힘이 잔뜩 들어간 이파리. 유쾌했다. 혹시나 하고 며칠을 지켜보니 반으로 꺾였던 줄기는 기브스 한 뼈처럼 아물고 있었고 콩알이의 성장도 계속 되고 있었다. 보란 듯이 말이다.

그걸 본 나는 창틀에 걸터앉아 울어버리고 말았다. 어쩌면 콩알이에게서 나를 보고 있었는지도 모르겠다. 아직 수술자국이 선명한 오른쪽 발목을 쓰다듬으며 13층 오피스텔 창틀에 걸터앉아 이상한 식물 하나를 앞에 두고 우는 여자. 누군가 봤다면 어떤 상상을 했을까?

아무튼 콩알이의 안부를 확인하는 것으로 시작되는 아침이 계속되었고, 그런 나를 지루하지 않게 하려는 듯 콩알이는 꽃을 피우고, 열매를 맺고, 낙엽을 만들었다. 그런 변화를 기록하는 것도 나의 중요한 일과 중의 하나였다.

마지막 남은 하나의 잎이 말라 떨어지던 날.

줄기와 함께 말라버린 세 개의 콩깍지를 거두었다.

하나는 속이 빈 쭉정이였고, 두 개의 콩깍지에서 나온 건 여섯 개의 팥알.

(그러니까, 콩알이의 실체는 팥이었던 것이다.)

입춘이 갓 지난 봄날, 욕실 샤워부스에서 싹을 틔운 콩알이. 줄기가 부러지는 시련을 캔디처럼 극복하고 산호보다 더 고운 빛을 가진 팥알 여섯 개를 내게 주고 갔다.

제크의 콩나무처럼 황금알을 낳는 거위를 가져다주진 않았지만, 이 여섯 개의 팥알을 얻게 되는 동안 난 농부의 마음이 되어 몇 달을 보냈다.

그 마음을 선물해준 콩알이. 고맙다. 너의 식솔들은 이제 내가 거두마.

두물머리 풍경 하나

마흔 살이 되고, 쉰 살이 되고, 예순 살이 되었을 때
저렇게 나란히 앉아 한 풍경을 바라볼 친구

그의 엉성한 흰 머리카락이나
나의 얼굴에 깊게 패인 주름살
혹은 지독한 검버섯이나 빠져버린 앞니조차도
미처 서로에게 흉해 보이기 전에
그저 풍경의 일부로 익숙해져버린
그런 친구와 그런 풍경

두물머리 풍경 둘

그 꿈이 결국 불행하게 끝나버린 건, 얼마나 행복한지를 미처 몰랐기 때문이겠지.